Georg Deutscher

Texte der Nacht

Herstellung und Verlag:
BoD - Books on Demand, Norderstedt
Georg Deutscher: Texte der Nacht
Wien, 2013
© Georg Deutscher, 2013

ISBN **978-3-7322-3318-2**

Georg Deutscher

Texte der Nacht

Abgebrannt

„So hat es ja kommen müssen." sagen die einen.
„Ein wunderbarer Mensch." sagen die anderen, die den Menschen nicht von vornherein als Helden betrachten.
Es hätte aber überhaupt nicht so kommen müssen; und es waren nur die besonderen Umstände, die seine Tat zur Heldentat machten.

Heute stehen von der Kirche nur noch die Mauern. Sie stehen leicht nach außen geneigt, mit hohen spitzen Fensterlücken. Das Gewicht des Daches, das fünfhundert Jahre auf ihnen geruht hatte, hatte sie Jahr für Jahr einen Millimeter nach außen gedrückt.
Die Sonne scheint an schönen Tagen von oben in das Gotteshaus, der Schutt ist längst entfernt. Aber immer noch ragen die 'Wände verkohlt, schwarz und mächtig in den Himmel. Die Stätte wirkt fast freundlicher als vorher, weil das zusätzliche Licht von oben und das blühende Unkraut am Boden jedes Erzwungene von sich weist.
Die schrägen Wände strahlen immer noch die Gottesfurcht und Andächtigkeit einer gotischen Kirche aus. Und jeder Mensch, der durch das klaffende, mit Ungeheuern bewehrte Portal ins Innere tritt, wird auch gleich in Andacht versetzt.
Und in der Mitte des kleinen Kirchenschiffs, da wo einst der Chor gelegen, liegt am Boden eine Gedenktafel:

     „Hier ruht"

Schächer hatten das Gotteshaus in Brand gesetzt. Die gesamte barocke Schnitzerei fing Feuer. Keiner der herumstehenden Heiligen wehrte sich ernsthaft gegen die alles verzehrende Macht. Und auch die Ungeheuer hatten die Schächer nicht am Eintritt gehindert.
Er war damals Pfarrer in jener unseligen Gemeinde. Er wollte dem Brand Einhalt gebieten, da aber die Feuerwehr herbeigerufen, musste er, den Schlauch in der Hand, zusehen, wie sie der Sache nicht Herren wurden. Die Ziegel rutschten vom schwelenden Dache herab und schlugen ihn, der er nicht durch einen Helm geschützt, bewusstlos. So trugen sie ihn in seine Pfarrwohnung, wo er sich auch bald erholte.

Am nächsten Morgen, zu der Zeit, als er sonst seine Andacht abzuhalten pflegte, drängte es ihn in seine Kirche. Welch ein Anblick bot sich ihm dar!

Durch das nicht mehr vorhandene Tor rann eine schwarze Suppe auf den Vorplatz. Die Ungeheuer warnten ihn mit rußgeschwärzten Köpfen davor, in das Innere zu gehen.

Dessen ungeachtet ging er hinein. Über ihm hingen drohend die schwarzen Balken. Die Sonne sandte ihre Strahlen durch das Gebälk, da viele Ziegel fehlten. Das gesamte Gestühl war niedergebrannt und vom Schutt der Stukkaturen bedeckt.

Mit immer noch schmerzendem Haupte erkletterte er seine Bahn in Richtung Hochaltar. Dieser war schwarz und vollkommen zerstört.

Aber er selbst hatte vor Jahren für einen brandsicheren Tabernakel gesammelt.

Er war hinter dem Kruzifix des Hochaltares angebracht worden, niemand hatte den Austausch des alten Holzkästchens gegen den modernen Tresor bemerkt.

Der Gekreuzigte war beim gestrigen Brande geflohen. Aber der Tabernakel musste noch an seinem Orte warten. In ihm geschützt das Allerheiligste auf seine Auslagerung wartend, wie sonst am Gründonnerstag.

Mit höchster Anstrengung war er endlich hin gekrabbelt, die Mechanik, die den Tresor zum Vorschein bringen sollte, indem man das Kruzifix nach hinten drehte, war nicht mehr zu gebrauchen.

So versuchte er, mit bloßen Händen das angekohlte Holz herunter zu brechen, um sein Allerheiligstes zu retten.

In diesem Augenblick wichen die Wände ein kleines Stück mehr auseinander. Der Dachstuhl brach herunter und begrub ihn unter sich.

„gestorben am"

„Er verstarb beim Versuch, das Allerheiligste zu retten."

Allein

„Ein Gin Tonic, bitte."
Das Mädchen an der Bar lächelte freundlich.
Sie streckte sich, um eines der Gläser, die über der Bar im Regal standen, herunterzunehmen. Sie musste sich dazu auf die Zehenspitzen stellen. Ihre Brust trat hervor, und das T-Shirt gab einen Teil ihres Bauches frei.
Für kurze Zeit.
Sie nahm den Deckel vom Eiswürfelbehälter und griff mit der Zange, die daneben lag, großzügig hinein.
Sie leerte grob Gin über das Eis. Die Flasche war irgendwo herumgestanden, wurde irgendwo anders stehengelassen. Die Menge schien nicht zu zählen.
Sie sah ihn an.
„Du bist heute nicht besonders gut drauf!", bemerkte sie und griff abermals nach der Ginflasche.
Er ließ es geschehen.
Als sie zum Kühlschrank ging, er stand weiter hinten, verschwand sie fast im Rauch.
Er hasste verrauchte Lokale.
Sie nahm einen Bieröffner und versuchte, die Flasche zu öffnen.
Sie hatte einen Schraubverschluss.
Er lächelte nicht.
„Ist es wirklich so schlimm?" Sie musste ein Tuch nehmen, um die Flasche öffnen zu können.
Es passte nicht das ganze Tonic in das Glas.
Sie stellte ihm das Glas hin.
Als sie ihm auch die Flasche gab und „bitte sehr!" sagte, war er schon am Trinken.
Sie sprach den nächsten mit „Was bekommst du?" an. Hier hatte alles seine Ordnung; jeder der kam, würde etwas zu trinken bekommen.
Das Gin Tonic schmeckte scharf, zu viel Gin war darin. Also leerte er den Rest Tonic, der noch in der Flasche war, dazu.
Es störte ihn nicht, dass sie ihn geduzt hatte. Sie tat nur ihren Job. Wenn er am Abend in einer Bar servieren würde, hätte er eine Beschäftigung. Er müsste sich dann nicht vor den allein zugebrachten Abenden und Nächten fürchten. Käme er nach Hause, wäre er so müde, dass er sofort einschlafen würde.
Allerdings konnte er sich nicht vorstellen, dass jemand wegen eines Blickes auf seinen Bauch in die Bar kommen würde.
Außerdem hasste er es, Leute anzusprechen.
Nein, es wäre der falsche Job.

Sie hatte wohl Recht. Es ging ihm an diesem Abend nicht besonders gut.
„Möchtest du noch einen?"
„Danke, nein."
„Geht auf Haus!"
„Danke. Nein."
Er lutschte an einem Eiswürfel und hatte die Worte kaum herausgebracht.
So kümmerte sie sich um den nächsten Kunden.
Hatte er sie beleidigt?
„Zahlen, bitte."
Er gab nicht zu knappes Trinkgeld und ging.

Als er völlig durchweicht war, merkte er, den Schirm in der Bar vergessen zu haben.
Er brauchte ihn nicht, er war schon nass.
Er wollte nicht zurück in die Bar.
Er hasste den Rauch.
Die Menschen.
Er wollte das Mädchen nicht mehr sehen.
Er stellte sich unter einen Alleebaum.
Autos fuhren an ihm vorbei, viele von ihnen blendeten ihn.
Er wollte beten.
Um diese Zeit hätte keine Kirche mehr geöffnet.
Warum also nicht hier.
Welche Gebete fielen ihm noch ein?
Es waren alles Kindergebete.
Beteten auch Erwachsene? Ja. König David hatte gebetet.
Er hätte sich von dem Mädchen aber sicherlich trösten lassen.
    „Der Herr ist mein Licht und mein Heil.
    Wovor sollte ich mich fürchten?
    Der Herr ist der Quell meines Lebens.
    Vor wem sollte mir bange sein?"
Die Stelle war schön, darum hatte er sie sich gemerkt.
Aber sie half ihm nicht. Er sah nicht das Licht, nur Dunkelheit. Und er fürchtete sich vor ihr.
Gott konnte wohl nur helfen, wo zwei oder drei Menschen zusammenkamen.
Ein einzelnes Gebet wird übersehen.

Eine Frau im Regenmantel kam die Allee herunter. Tock - Tock klapperten ihre Absätze.
Immer Tock -Tock.
Als ein Auto vorbeifuhr und die Scheinwerfer wieder blendeten, begann sie zu rennen.
Patsch - Patsch.

Wurde sie verfolgt? Er würde sich ihrem Verfolger entgegenstellen. Sie retten.
Aber nach der intensiven Blendung sah er nichts.
Er trat unter seinem Baum auf den Gehsteig hervor.
Die Frau schrie auf und rannte weiter.
Patsch -Patsch.
Peinlich.
Er ging die Straße in die entgegengesetzte Richtung, als sei nichts geschehen.
Zum Glück hatte ihn niemand gesehen, konnte niemand seine Gedanken lesen.
Wie peinlich.
Er ging immer weiter, immer geradeaus.
Die Bäume hörten auf, die Häuser verwandelten sich in Garagen und Schuppen.
Das Geräusch des Regens wurde zu einem Trommeln auf die Blechdächer.
Die Straße führte zu einer Brücke über den Fluss. Darum kamen immer noch Autos, die ihn blendeten.
Er war noch nicht oft auf der anderen Seite gewesen. Es war keine gute Gegend. Er kannte nur „ordentliche Leute".
Hier auf dieser Seite waren alle anonym. Wer mit der Straßenbahn die Brücke passiert hatte, war ordentlich. Vielleicht wohnten doch einige seiner Bekannten auf der anderen Seite. Vielleicht auch das Mädchen aus der Bar. Vielleicht die Frau im Regenmantel.

Die Schienen glänzten im Laternenlicht. Er ging vom Gehsteig auf den Gleiskörper. Um diese Zeit fuhren keine Straßenbahnen.
Am „Aufstieg" zur Brücke war eine Weiche. Es war keine Abzweigung, lediglich eine Verbindung zum zweiten Gleis. Wäre sie verstellt, könnten zwei Züge zusammenprallen.
Eine Katastrophe!
Als er den höchsten Punkt erreicht hatte, ging er zur Balustrade.
Zwischen die Sprossen war ein gelber gewellter Kunststoff gewebt. Vermutlich als Schutz vor dem Wind.
Er beugte sich über das Geländer, um den Aufprall der Regentropfen im Fluss zu hören.
Er sprang.

Das eiskalte Wasser brachte ihn sofort zur Besinnung.
Wie dumm von ihm. Natürlich war er nicht gestorben. Hatte er das wirklich erwartet?
Gehofft?
Verzweifelt kämpfte er mit Schwimmbewegungen gegen die Kälte an.

Er sah schon die Schlagzeile:
22jähriger badet nachts bei Regen im Fluss
Niemand durfte ihn entdecken.
Die Strömung war nicht stark. Er konnte so schnell schwimmen, dass er unter der Brücke blieb. Aber die nassen Kleider zogen ihn nach unten, und in seinen Stiefeln konnte er sich schlecht bewegen.
Lange würde es nicht gehen; er musste an Land.
Er konnte die Betonbefestigungen sehen, die den Fluss in sein Bett zwangen. Zur Promenade waren es gut anderthalb Meter. Er konnte nicht einfach an Land schwimmen. Zum Baden war der Fluss nicht gedacht.
Aber genau unter der Brücke war ein Boot befestigt.
Er wunderte sich, wie es bei diesem Wasserstand vom Land aus zu erreichen sei.
Jedenfalls kletterte er über den Bug, zerkratzte mit der Schnalle seines Stiefels die Aufschrift „Aphrodite" und war in Sicherheit.
Vorläufig.

Er wusste keinen Ausweg mehr.
Bisher war er stets mit allen Situationen fertig geworden. Sonst wäre er nicht 22 geworden.
Er ging seine Ziele durch.
Er wollte Wissenschaftler werden.
Nobelpreisträger.
Er wollte in einer Bar servieren.
Er wollte als Held eine Frau vor ihrem Verfolger retten.
Wie weit schien ihm das alles.
Er machte Aphrodite los.
Irgendwann würde der Fluss schon ins Meer führen.
Am Boot waren keine Ruder, kein Motor. Immer wieder stieß es mit dem Bug gegen die Wand, wurde von der Strömung herumgedreht. Zum Glück war es nachts. Man würde ihn trotz des Höllenlärms nicht gleich entdecken.
Aber er musste das schützende Boot verlassen.
So sprang er zum zweiten Mal in das Wasser.
Es schien ihm nicht mehr ganz so kalt, wie zuvor.
Auf der anderen Seite sah er eine Stiege, die ins Wasser führte. Es brauchte seine ganze Anstrengung, um hinüberzukommen. Er ging an Land.

Nun war er also auf der anderen Seite der Stadt. Wie spät mochte es sein?
Er nahm eine Münze und ging auf die öffentliche Toilette an der Promenade.

Am Boden lagen Injektionsnadeln, ihre Verpackungen und Ascorbinsäurepäckchen verstreut.
An der Wand waren ordinäre Zeichnungen aufgemalt.
Aber es gab einen Spiegel.
Er konnte sich betrachten.
Er wusch sein Gesicht mit kaltem Wasser und klaubte die Algen aus seinem Haar. Bei ihrer Arbeit stießen seine Finger auf gelbliche Papierfetzen.
Ihn ekelte, aber es störte ihn nicht. Er tat, was nun eben nötig war.
Er wischte mit bloßen Händen den Schaum von seiner Kleidung.
Als er fertig war, versicherte ihm ein Blick in den Spiegel, dass er furchtbar aussehe. Konnte er so durch die Stadt gehen?
Was blieb ihm anderes.
Zum Glück wohnte er alleine.
Dass er vor Kälte zitternd kaum laufen konnte, war ihm egal. Er musste nach Hause.
Allerdings führte der Weg über die Brücke.
Wieder lehnte er sich über die Balustrade.
Hatte er das wirklich nötig gehabt?
Das Boot mochte bald jemand vermissen.
Bald jemand finden.
Ihn würde keiner behelligen.
Er ließ das Auto vorbeifahren, dann ging er weiter.

Irgendwann kam er zuhause an.
Er ließ sich ein heißes Bad ein, streifte die Kleider vom Leib und legte sich ins Wasser.
Das Leben würde weiter gehen.
Aber so etwas durfte ihm nie wieder passieren.
Nie wieder.
Aber wie hatte es soweit kommen können?
Was hatte ihn dazu gebracht?
Er versuchte sich zu erinnern.
Die Frau im Regenmantel?
Der vergessene Schirm?
Das Mädchen?
Was vorher geschehen war?
Nein.
Er wusste es nicht. Es war einfach eine Laune gewesen. Er hatte eben seine schlechten Zeiten, und diesmal war es besonders schlimm gewesen.
Er schämte sich.
Er hatte sich fest vorgenommen, sich nicht umzubringen und er hatte es dennoch geschehen lassen.
So etwas durfte ihm nie wieder passieren.
Nie wieder.

Er ging zum Telefon und rief die Telefonseelsorge an. Die Nummer klebte an seinem Apparat, er hatte sie während eines anderen Tiefs herausgesucht. Aber damals hatte er nicht angerufen.
Eine freundliche Tonbandstimme, Typ „Frau über fünfzig" meldete sich.
„Wir freuen uns über ihren Anruf. Unsere Mitarbeiter führen gerade Beratungsgespräche. Rufen Sie bitte in zehn Minuten wieder an. In dringenden Fällen wählen Sie dieselbe Nummer nach der Vorwahl einer anderen Landeshauptstadt."
Zehn Minuten würde ein Beratungsgespräch dauern.
Was würde man ihm sagen?
„Sie müssen ein neues Leben beginnen!" Er wusste es selber. Er würde nicht mehr anrufen. Die Leitung für einen „dringenden Fall" freihalten.
Er nahm neue Kleider aus dem Schrank. Er zog sich an, auch frische Schuhe, packte alle nassen Sachen in einen Sack und ging wieder hinaus.
Er wollte die alten Sachen mit seinem alten Leben in einen Mistkübel werfen.
Aber es regnete immer noch.
Den Schirm in der Bar würde er sofort wieder Nass sein.
Das war kein neues Leben.
Wen konnte er sprechen?
Wen besuchen?
Wen anrufen?

Obwohl es regnete, ging er auf die Straße.
Er ging zum nächsten Mistkübel und an ihm vorbei.
Nein, der Mistkübel konnte nicht helfen.
Noch war es dunkel, aber bald würde das Grau des Tages zurückkehren.
Die Menschen, die ein ordentliches Leben führten, würden aufstehen und duschen.
Er gehörte auf die andere Seite des Flusses. Er führte kein ordentliches Leben mehr.
Tatsächlich gingen überall Lichter an, als er durch die Stadt ging.
Für die anderen war die Welt noch in Ordnung.
Das Mädchen an der Bar durfte vielleicht ausschlafen, aber auch sie hätte ihn bestimmt vergessen.
Hätte er doch einen zweiten Gin getrunken.
Diesmal konnte er nicht auf den Schienen gehen, die roten Ungetüme fuhren bereits.

Er fand keinen Hinweis, hier in dieser Nacht bereits zweimal gestanden zu haben.

Wenn er jetzt springen würde, gäbe es kein Boot zu seiner Rettung.

Er beugte sich über die Balustrade und starrte in das Wasser.

Es war ein bisschen heller geworden, und er sah den Dreck, in den er sich in der Nacht gewagt hatte. Es war nicht gerade einladend.

Er warf das Paket mit seinen Kleidern hinunter und schaute ihm lange nach.

Da er den Plastiksack verschnürt hatte, ging er nicht unter.

Er wurde auch nicht gegen den Rand getrieben. Vielleicht würde er einst das Meer erreichen.

Sein altes Leben, sozusagen.

Jäh fühlte er sich am Kragen gepackt und herumgerissen.

Der Mann herrschte ihn an: „Sind Sie verrückt? Wollen Sie sich umbringen?"

Ein andermal.
Vielleicht.

Der Aufbruch

Er setzte seinen linken Fuß vor den rechten, dann den rechten vor seinen linken.
So fing es an: Zwei Schritte.
Zunächst noch unsicher, wankend begann er den endlosen Marsch.
Durch die dicken Sohlen spürte er die Kieselsteine nicht, die noch vom Winter auf der Straße lagen. Jetzt waren sie sinnlos an den Rand gedrängt; ihr einziger Zweck: Einem Läufer die Schuhe zu beschmutzen. Aber wegen der dicken Sohlen spürte er sie noch nicht.
Es war schwer zu sagen, ob die Gegend freundlich war, oder nicht. Hohe Zinskasernen zu seiner linken und zu seiner rechten Seite, darinnen Menschen, die noch ruhten, sich nicht auf den Weg gemacht hatten, um diese Zeit vielleicht noch im Bett lagen, vom Aufbruch nichts ahnten.
Das Grau der Straße war vielleicht etwas dunkler als gewöhnlich, der Tau lag noch am Boden, die Sonne hatte ihn noch nicht zu sich geholt, der Tag war erst am Beginnen.
Das Knirschen des Rollsplitts war das einzige Geräusch, bis irgendjemand sein Fenster öffnete; das leise Plappern eines Radios drang nun auf die Straße. Es waren gewöhnliche Nachrichten, irgendwelche Attentate in irgendwelchen Ländern, begangen zu einer Zeit, die dort nicht nachts war, ohne Bedeutung für das Leben in dieser Stadt.
Er brauchte sich um Ampeln nicht zu kümmern, wenn keine Autos fahren, bringen ihn seine Füße sicher auf die andere Seite, auch wenn ein rotes Licht ihn aufzuhalten versucht. Aber die Autos werden nicht mehr, die Sonne, die die Tautropfen zu sich ruft, kann kein Vehikel aus der Garage locken. Das Knirschen sollte zum bestimmenden Geräusch für diesen Tag werden.
Ein inneres Gefühl gab ihm die Richtung vor, er folgte ihr, soweit das Straßennetz es zuließ, gelegentlich wurde er zu einem Umweg gezwungen; nichts konnte ihn aber von seinem Ziel abhalten, so er es auch nicht kannte.
Die Nachrichten zur nächsten halben Stunde wussten noch nichts von ihm, der er einsam durch die Straßen schritt. Aber sie wussten auch nichts von Verkehrschaos an den Knotenpunkten.
Die Menschen waren an diesem Tage zuhause geblieben.

Ohne sichtbares Signal sollten dann die Türen aufbrechen.
Menschen sprengten auf die Gassen, zu hunderten, zu tausenden.
Sie schritten einher alle in eine Richtung, gleich wie sie sich kannten oder nicht.

Ein sinnloser Strom knirschender einzelner, wie die Amöben eines Schleimpilzes, angelockt von zyklischem AMP.

Viele gingen ihm voran, genauso viele gingen ihm nach, wortlos knirschend, eine höhere Bestimmung erfüllend.

Die Sonne, die doch aufgegangen war, wie an einem gewöhnlichen Tag, änderte ihren Lauf, sie zog vor ihnen her, wie der Stern den Waisen aus dem Morgenland.

Das stete Rauschen und Dröhnen, zusammengesetzt aus dem Knirschen hunderttausender einzelner Schritte, erhob sich zum ohrenbetäubenden Tosen, als die Menschen ihre Bewegungen synchronisierten. Links - rechts, nur mehr ein Wesen war es, das der Sonne folgte, nicht mehr an enges Gassenwerk gebunden; sondern mit zerstörerischer Zielstrebigkeit seinen Weg über die Häuser bahnte. Alles Bauwerk zerbarst unter der ungeheuren Masse, verwandelte sich in Geröll, wurde zu Kieselsteinen zermahlen, die unter den Schritten der Nachzügler knirschten.

Die Nachrichten hätten nun von dem Zerstörungswerk wissen müssen, hätten berichten sollen, die Menschen warnen; aber es gab keinen mehr, der sie las, alle Menschen zogen ohne Unterschied in einem Strang über ihre eigenen Werke hinweg, hinterließen nur Kies.

Die alten waren als erstes erschöpft, sie fielen, wurden zertrampelt, zermalmt, vermischten sich mit dem Kies, der nach kurzer Zeit wieder knirschte. Das Blut der Leichen wurde aufgesogen von dem, was geblieben war von einer Zivilisation, die den Planeten so lange beherrscht hatte.

Aber auch die anderen Menschen erlagen, einer nach dem anderen, ihrer Erschöpfung, gaben ihre Körper dem Staub zurück, wie bei einem christlichen Begräbnis.

Der Strang wurde dünner, riss aber nicht ab.

Er sah um sich alle niederfallen, liegenbleiben, verenden, aber selbst ging er weiter, der Bestimmung folgend; blieb zuletzt als einziger auf den Beinen, schaffte es nicht mehr, alle Leichen zu zertrampeln, auch spürte er jetzt die Steine unter seinen Füßen.

Die Sonne ging vor ihm unter, er erreichte sie nicht mehr, auch er gab sein Leben auf, nachdem er einige Zeit im Dunkel herumgeirrt war.

Nun war die Erde wieder wüst und wirr, und der Geist Gottes schwebte über dem All.

Der Besenstiel

Bruder Notker wurden vor den Abt bestellt.
„Bruder Notker, mir wurde mitgeteilt, dass du deine Pflichten als Novize in schmählicher Weise vernachlässigt hast. Wie äußerst du dich dazu?"
Bruder Notker, ein frommer, gläubiger junger Mann, wollte wirklich mit ungeteiltem Herzen ein guter Novize sein. Er verrichtete täglich seine Arbeiten, wie Kartoffeln schälen, Müll hinaustragen und Bodenwischen. Er studierte täglich zwei Stunden Griechisch, lernte den Katechismus und über den heiligen Bernhard von Clairveaux.
Und das Beten? Dazu war er ja in das Kloster eingetreten. Er betete morgens, wenn er aufstand und abends, wenn er ins Bett ging im Knien. Er besuchte das Morgenlob, die Frühmesse, die Betzeiten, die Abendmesse, den Rosenkranz und die Komplet. Er konnte sich nicht vorstellen, dass ihm hier jemand Unaufmerksamkeit vorwerfen wollte. Beten war sein Lebensinhalt, er schenkte allen „Pflichtgebeten" vollen Geist und auch wenn er arbeitete, nahm er sich stets vor, jeden Handgriff Gott zuliebe zu tun. Seine freie Zeit verbrachte er am liebsten im Kreuzgange. Hier, das wusste er, an diesem Ort der Ruhe und der *Idylle*, konnte ihn am wenigsten von seinem Daseinszweck weglenken.
Auch jetzt bat er den lieben Gott um einen Fingerzeig, wo er gefehlt habe. Da Gott ihm kein Vergehen wies, gab er zu: „Bitte, Vater, hilf mir. Ich weiß nicht, welches Vergehen du meinst."
Vater Abt tadelte: „Bruder Notker, du bist in höchstem Maße ungehorsam!"
Wie Schuppen fiel es ihm von den Augen. Der große Gebäudekomplex des Klosters war in drei großen Blöcken angelegt, die ein U bildeten. an der vierten Seite war nur der Kreuzgang, aber nicht überbaut. Hinter dem Kreuzgange erstreckten sich die Ställe. Vom ersten Stock des Blockes, an den die große Kirche angebaut war, kam man durch eine kleine schmale Türe auf das Dach des Kreuzganges. Und dort, zur Linken der Türe stand ein großer Topf mit Erde. In diesen hatte der Vater Abt einen alten Besenstiel stecken lassen, den Bruder Notker zum Zeichen seines Unbedingten Gehorsames jeden Tag mit der großen Gießkanne aus dem Keller wässern sollte.
Da es aber die ganze letzte Woche in heftigen Strömen geregnet hatte, hatte es Bruder Notker nicht für nötig erachtet, diesen Dienst zu versehen.
„Es tut mir Leid, ich bitte um Vergebung."

„Es wird nicht wieder vorkommen", wies ihn der Vater Abt zurecht.

Bruder Notker musste den ganzen Tag an diesen Vorfall denken. Es machte ihn bei den Betzeiten unaufmerksam und auch als er am Nachmittage in den Kreuzgang ging, dachte er ständig daran, was da über ihm auf dem Dache stand. Er hielt nicht viel von der Gehorsamsprüfung *an sich*. Er mochte keine unsinnige Aufgabe erfüllen, nur um zu zeigen, wie untertan er war.
„Lieber Gott", betete er, „dies ist für mich eine schwere Prüfung. Der dumme Besen lenkt mich vom Beten ab und macht mich Vater Abt hassen. Hilf mir, dass es mir damit besser gehe."
Es muss wohl der liebe Gott gewesen sein, der ihm half, seine Pflicht zu erfüllen: Er ging morgens noch vor dem Lobe in den Keller, um die große Kanne mit Wasser zu füllen, trug sie über die enge Wendeltreppe in den ersten Stock, damit er die Gänge nicht beschmutzte. Er stellte die Gießkanne durch ein Fenster auf das Dach des Kreuzganges, ging in den Block, an den die Kirche angebaut war. Und nachdem er sich einen Regenmantel übergestreift hatte, stieg er durch die Türe auf das Dach. Er lief in strömendem Regen bis zu dem Fenster, vor dem die Kanne stand und nahm dieselbe mit sich. Während er das Wasser in einem Strahle in den Topf ergoss, bat er Gott ihn *ihm* gegenüber gehorsam zu machen. So trug er die Gießkanne an ihren Platz und ging, das Morgenlob mitzusingen.
Und da er es mehrere Tage hindurch getan hatte und das Wetter sich endlich klarte und er wieder mit der Kanne auf dem Dache des Kreuzganges stand, konnte er sich des Gefühles nicht erwehren, es müsse dem Stiele guttun, mit so viel Liebe behandelt zu werden.

Und wahrlich, als seine Exzellenz nach vielen Monaten selbst auf das Dach stieg, den Besen zu holen und den guten Bruder Notker, der sich im Übrigen als vortrefflich erwiesen hatte, von seiner Pflicht zu befreien, konnte er ihn nicht aus der Erde ziehen.
Er war nämlich angewachsen.

Der Baum

Heute bin ich noch ein Mann. Ich bin groß, stark, schön, intelligent. Ich bin beliebt, begehrenswert.
Morgen bin ich vielleicht ein Baum. Ich bin immer noch groß, stark und schön. Oder ich bin ein Vogel, oder ein Wurm. - Was macht das für einen Unterschied.
Er nahm einen Schluck aus seinem Glas, und er sah sein Gegenüber erwartungsvoll an.

Ich liebe dich als Mann. Ich werde dich nicht als Baum lieben, nicht als Vogel und nicht als Wurm.

Wenn *du* aber morgen ein Baum sein wirst, kannst du mich nicht mehr lieben, selbst, wenn *ich* ein Mann bleibe.

Warum quälst du mich mit solchen Sachen. Heute bist du ein Mann, heute können wir uns lieben.

Nein, es tut mir leid. Ich habe zu viel von einem Baum in mir. Wir werden uns nie liebe können.
Er bezahlte, stand auf und ging.
Er musste sie vor einer Enttäuschung bewahren, auch wenn er sie dadurch bereits enttäuscht hatte. Er wusste, er würde nie die Arme gegen den Himmel strecken und stehen bleiben. Er würde nie seine Blätter abfallen sehen und nur mit Geduld den Winter überstehen. Aber dennoch waren ihm die Bäume seelenverwandt, und er wollte sich nicht die Möglichkeit nehmen so zu sein wie sie.
Hatte er sie jemals wirklich geliebt?
War er wachgelegen bei dem Gedanken, sie am nächsten Tage wiederzusehen? War er neugierig, was sie sagen würde, selbst, wenn er es schon vorher wusste?
Oder war er nicht doch vielmehr ein Baum? Hatte es geduldet, wenn sie sich anlehnen wollte. War stehen geblieben, wenn sie sich entfernte? Hatte sie vor dem Ärgsten geschützt, wenn sie nicht gerade im Winter gekommen, als er keine Blätter trug?
Er hob einen Stein auf und legte ihn sanft in die Astgabel, die er bequem vom Boden aus erreichen konnte. Es war schon ein sehr alter Baum, der sicher schon viele Verliebte erlebt hatte. Er hatte ihrer aller Liebe überdauert und war dabei stets ein bisschen gewachsen.

Warum konnte er nicht so sein wie er?

Der Doppelbereich

Wie lange mochte er schon hiersitzen? Fünf Stunden? Sechs Stunden?
Länger sicher nicht.
Sein Blick starrte in die Pfütze, die sich um seine Füße gebildet hatte. Es regnete nicht wirklich stark, und das Wasser konnte abfließen.
Aber das Gewicht seiner Beine hatte die Struktur des Bodens verändert, unbeweglich, wie sie seit Stunden ruhten. Um seine Füße floss das Wasser nicht ab.
Die Spiegelung der Laterne vermochte er nicht wirklich zu vernehmen. Obwohl er seine Füße ganz ruhig hielt, ließen die steten Wassertropfen, die vom Himmel fielen, das Bild doch verschwimmen.
Er wusste, wie eine Laterne im Allgemeinen aussieht. Aber er wollte warten, bis er ihr Spiegelbild erkennen könnte.
Das Wasser rann über sein strähniges Haar, tropfte auf den grünen Pullover, der es nicht mehr aufnehmen konnte, er war zu vollgesogen. So bildeten sich kleine Ströme, die zu den Leisten der Parkbank führten. Von diesen fielen Tropfen auf den Boden. Einer von ihnen trübte gelegentlich das Abbild der Laterne.
Seine Jeans dampften, wo sie an die Oberschenkel anlagen. Es fror ihn, aber er mochte nicht zittern.
Nicht gegen die Kälte ankämpfen.
Nur warten.
Er wusste nicht, wieso ihm die Spiegelung so wichtig war.
Als er gekommen war, war es noch Tag gewesen. Kein Regen, nur bewölkt. Keine Pfütze, keine Lampe.
Kein Halt.
Nur die Bank und er.
Also hatte er sich hergesetzt, *weil nichts anderes da war.*
Später hatte sich der Regen zu ihm gesellt. Ein Teil der Tropfen wollte nicht sogleich wieder verschwinden.
Wollte bei ihm bleiben.
Mit ihm warten.
Ihm etwas zeigen.
Zunächst hatte er sich über den Regen geärgert. Er hatte auf immer hier sitzen bleiben wollen. Und der Regen hatte ihm gezeigt, dass es unmöglich wäre.
Ihn würde frieren - das würde ihm nichts ausmachen.
Der Hunger würde kommen - er würde ihn fortschicken.
Heimweh würde er keines fühlen.
Er würde den Druck auf der Blase spüren.

Davor fürchtete er sich; er würde doch nicht auf immer hierbleiben können.

Als es dunkel geworden war, erkannte er, was der Regen ihm hatte zeigen wollen.

Einen guten Freund: Das Licht.

Nur konnte er es nicht wirklich sehen.

Mahnend kamen immer neue Regentropfen und zerstreuten ihre eigene Botschaft.

Wäre der Himmel doch mit allem so großzügig, wie mit dem Regen.

Es raschelte.

Er mochte nicht auf sehen.

Also kam das Rascheln näher.

Es war eine Ratte, die ihrer Beschäftigung auch bei diesem Wetter nachging.

Geh fort, Ratte, dachte er, ich will allein sein.

Ratten sind intelligente Tiere.

Die Ratte ging nicht fort. Sie untersuchte irgendetwas, das er in der Dunkelheit nicht erkennen konnte.

Sie quälte ihn. Sie raschelte weiter zu seiner Pfütze und machte das Bild noch unruhiger.

Eine Bewegung hätte die Ratte verscheucht. Und vielleicht die Pfütze zum Versiegen gebracht.

Warum mochte sie ihn nicht zufrieden lassen.

Hast du dich hergesetzt, um allein zu sein, oder *weil du allein warst*? schien die Ratte zu fragen.

Dann raschelte sie davon.

Alles war wieder still.

Auch der Regen ging wieder.

Deutlich vernahm er die Spiegelung der Lampe in der Pfütze.

Er fragte sich, warum er darauf gewartet hatte.

Fliegen

Die beiden Bäume wurden direkt nebeneinander gepflanzt. Sie standen zu zweit auf freiem Felde, hatten nur einander. Als sie, Jahr für Jahr, ein Stück wuchsen, standen sie einander bald im Wege; aber sie wuchsen nicht ineinander; Der linke schickte seine Zweige nur nach links, der rechte nur nach rechts. Sie entwickelten sich zu zwei großartigen Birken, bildeten ein harmonisches Ganzes. Aber wäre man mit einem riesigen Messer zwischen ihnen durchgefahren, keiner der beiden wäre verletzt.
Aber bei einem Sturm erwies sich der linke als stärker; der rechte musste gefällt werden. Da sie nicht ineinander gewachsen waren, erlitt der linke keinen Schaden. Aber er sah dennoch aus wie die verbliebene Hälfte eines ehemals Ganzen. Wie bei einem Kamm standen die Äste nach einer Seite, und der andere Baum fehlte ihm zur Vollkommenheit.

Mittlerweile war es so dunkel geworden, dass er ihn nicht mehr sehen konnte. Aber wahrscheinlich breitete er seine Schwingen aus und flog davon. So wie er es jeden Abend machte.
Jeden Abend eine neue Geschichte. Meistens waren sie nett, irgendwie zum Schmunzeln, Aber diesmal hatte sie ihn getroffen. Auch er fühlte sich wie die Verbliebene Hälfte eines ehemals Ganzen. Nie hatten sie irgendwelche Gemeinsamkeiten gehabt. Nie waren sie ineinander verstrickt gewesen, darum hatte er die Trennung überlebt. Aber dennoch hatten sie einander völlig ergänzt, und sie waren unverrückbar im selben Boden verwurzelt gewesen. Eigentlich hätte er dem Boden jetzt mehr abringen können als vorher. Aber seine rechte Seite stand brach und ungeschützt.

Wie er abgehoben hatte! In der Dunkelheit hatte er es nicht gesehen, aber vorstellen konnte er es sich ganz genau!
Er breitet die Schwingen aus. Mit gewaltiger Anstrengung schlägt er sie wieder zusammen. An seinem Hals ist das gespannte Spiel der Muskeln zu beobachten. Sein Kopf wird rot vor Anstrengung. Sein Bauch krampft sich zusammen. - Ein Luftzug wird spürbar. - Er zieht die Beine an - er fliegt.
Das Abheben ist immer am schwierigsten; schon im nächsten Augenblick ist er nicht mehr zu sehen.
Fliegen können - ein unerfüllbarer Traum.

Der Tag hatte geendet wie jeder andere Tag auch. Unerfüllbar war der Traum davongeflogen; unerreichbar, wenn die Sonne

aufginge; unwirklich den ganzen Tag; und doch so nahe am folgenden Abend.
Er schlief ein.

Die Veränderung war unscheinbar. Er war erwacht, weil ihn der Wecker geweckt hatte, seine Nase war verstopft wie jeden Morgen, die Sonne schickte ihre Strahlen zwischen den Blättern der Jalousien durch.
Der Unterschied lag in einem unangenehmen Ziehen in den Brustmuskeln. So, als hätte er sich beim Schwimmen übernommen. Nur, dass er am Vortag nicht schwimmen war.
Gerade am Morgen ging ihm seine zweite Hälfte besonders ab. Die Geschichte war bereits in seinen Sprachgebrauch eingegangen, es schien unwirklich, sie erst am Vorabend in der Dämmerung erfahren zu haben.

Als er das Wasser aufdrehte, um sich die Zähne zu putzen, spürte er, der Strahl brauche ein bisschen länger als sonst, um vom Hahn in das Waschbecken zu fallen. Der Nachrichtensprecher sprach ungewöhnlich langsam, sodass er ungeduldig den Apparat wieder ausschaltete.
Er hatte das Bedürfnis, sich zu strecken.

Bei der Arbeit verlief alles normal, bis auf die Tatsache, dass in seinen Augen alles ungewöhnlich langsam ablief.

So beschloss er, nach Feierabend auf den Vergnügungspark zu gehen.

Junge Männer, die aussahen wie Buonarottis David, und die das auch zur Schau stellten, hieben auf einen Sandsack ein. Es war kein richtiger Sandsack, sondern ein medizinballartiges Gebilde, das, mit einem Faustschlag versetzt, gegen einen Sensor prallte und auf einer großen Uhr einen Zeiger verdrehte. Die jungen Davids stellten den Zeiger auf „Schürzenjäger" oder „Athlet", keiner von ihnen kam als „Weichling" davon.
Er war lange Zeit dagestanden und hatte zugesehen, bis ihn einer anredete: „Willst du auch einmal?"
„Lieber nicht."
„Bist du ein Weichling?" Er fürchtete, mit „ja" antworten zu müssen, ließ sich aber dennoch zu dem Sandsacke ziehen.
Er fühlte sich unwohl unter den Blicken der so viel Jüngeren.
Er hieb gegen den Sandsack.
Die Maschine gab ein lautes Klingeln von sich, und der Zeiger drehte sich auf „Weltmeister".

Die jungen Davids packten ihn an Armen und Beinen und hoben ihn in die Luft. „Schaut euch den Opa an, er ist der stärkste von uns allen."

Irgendwie war er mit all den Männern in irgendeinem Lokal gelandet und hatte wohl etwas zu viel Bier getrunken. Er johlte mit den anderen sinnloses Zeug vor sich her, und er fühlte sich um dreißig Jahre jünger. Er hatte nicht mehr das Gefühl, dass ihm etwas zur Vollkommenheit fehle, erst am nächsten Tage würde er das Ziehen nicht wie heute in der Brust, sondern im Kopfe spüren.
Trotz aller Fröhlichkeit verging ihm die Zeit langsam.
Er verabschiedete sich von seinen neuen Freunden, die sogar das Bier bezahlt hatten und begab sich auf den Heimweg.

Es war einmal ein Mann, der hätte fliegen können.
Aber er glaubte es nicht. „Der Mensch ist nicht zum Fliegen da." pflegte er zu sagen. Er lebte ein Leben als gewöhnlicher Mensch. Er heiratete eine Frau, die nicht merkte, dass er fliegen konnte. Als diese starb, vereinsamte er zusehends. Bis er sich zu ihr ins Grab legte.

Wieder war nur ein Luftzug zu spüren. Auch diesmal war die Geschichte nicht zum Schmunzeln.
Wenn er nun auch fliegen könnte? War er nicht stark? War er nicht geschickt? War er nicht schnell?
Nein, er war nur betrunken. Ein unerfüllbarer Traum. Trotz des Biers würde der Tag enden wie jeder andere. Die Geschichte hatte er schon gehört.

Als die Sonne aufging, erwachte er nicht mehr.
Er wurde zu seiner Frau ins Grab gelegt.
Vielleicht hätte er fliegen können.

Iglis

Es war ein eigenartiger Kasten. Es schien irgendwie in drei Teile gegliedert, die aber überhaupt nicht zueinander passten. Der mittlere Teil war eine Art Ei. Ein riesiges Ei, nicht leicht zu sagen von welcher Farbe. Es lief nach oben aber spitz zu und gipfelte in einer Fernsehantenne, die alles andere überragte. In dieses Ei waren an allen möglichen Stellen Fenster eingelassen, manche aus Aluminium, manche aus Holz, die übrigen wohl aus Kunststoff. Aber alle diese Fenster waren geneigt, entweder auf die eine, oder auf die andere Seite hin; und gerade dadurch machten sie den Eindruck als ob sie *kamen und gingen*. Die Anwesenheit eines Fensters schien nicht zwingend zu bedeuten, dass an derselben Stelle auch vorhin oder im nächsten Augenblick ein Fenster war, das Ei schien einfach in einem bestimmten Entwicklungsstadium zu sein, noch nicht bereit auszuschlüpfen.
Der linke Teil war ein an das Ei angebauter moderner Gebäudeflügel. Er war von bestechender Hässlichkeit; die bunten Vielecke, die ihn wohl hätten verzieren sollen, standen in Kontrast zu den leuchtend gelben Lärmschutzfenstern. Wäre nicht der goldene (oder golden leuchtende) Kelch mit der Aufschrift „Iglis" auf dem Dach gestanden, hätte man diesen Teil für ein Büro, geplant von einem übergeschnappten Architekten, halten können.
In krassem Gegensatz dazu stand der recht Flügel. Er war wohl schon vor vielen hundert Jahren an das Ei angebaut worden. Ein klassisches mittelalterliches Schloss mit schmalen Fensternischen, in die Anfang des vorigen Jahrhunderts Holzfenster eingesetzt worden waren. Dazwischen immer wieder breitere Fenster aus dem Barockzeitalter. Unter dem Dach waren Pecherker, nach oben hin zu Schießscharten ausgearbeitet. Die Schießscharten mochten wohl aus dem 19. Jahrhundert stammen, sie dienten zu keinem Zweck. Auch der alte Gebäudeteil war im Laufe seiner Geschichte Veränderungen unterlegen, aber sie gingen nicht so schnell vonstatten wie bei dem Ei in der Mitte.
Ganz rechts erhoben sich zwei Türme, sie sahen aus, als seien sie für die Ewigkeit gebaut, die schmalen Fenster zeigten, dass die Wände jedem mittelalterlichen Angriff standgehalten hätten. Sie mochten damals als letzte Zuflucht vor dem Feinde gedient haben, erst jetzt war ihre Verteidigungskraft nutzlos geworden.
Beeindruckt stand er vor den Türmen und entdeckte auf dem einen einen steinernen Kelch, so wie der goldene aussehend, nur kleiner; er war offensichtlich das wertvollere Original. Auf den Turm gestellt sollte er zeigen, dass hier das Geschlecht Iglis

herrsche; auch wenn diese ausgehungert im Turme harrten, war er an einem sicheren gut sichtbaren Ort, dem Feinde länger trotzend als das Geschlecht selbst.

Er war von der Autobahn abgefahren angelockt von der braunen Tafel. Solche Tafeln waren nun überall angebracht, um Touristen auf Sehenswürdigkeiten aufmerksam zu machen. Da er ohne bestimmten Grund in die Stadt hatte fahren wollen, also genügend Zeit zur Verfügung hatte, hatte er beschlossen vom Weg abzuweichen und der Tafel zu folgen. Er hatte Schloss Iglis nämlich noch nie gesehen, ehrlich gesagt noch nicht einmal davon gehört.

So stand er jetzt vor dem eigenartigen Kasten und war beeindruckt.

Beeindruckt von der Schönheit des alten Traktes; davon, wie harmonisch sich alles später Hinzugefügte zu einem Ganzen vereinte. Beeindruckt von der Hässlichkeit des neuen Flügels; beeindruckt wohl auch von der Frechheit der Leute, die den überdimensionierten goldenen Kelch darauf gestellt hatten.

Beeindruckt - oder eher beklommen - von dem merkwürdigen Ei, das wohl schon da gestanden hatte, als der Bau des rechten Flügels begonnen wurde, aber nicht alt, sondern unfertig wirkte und dessen Fenster zu kommen und zu gehen schienen.

„Ein Haus voller Essen, die Türe vergessen." fiel ihm zu dem Ei ein, dabei fiel ihm auf, dass tatsächlich keine Türe auf dieser Seite des Schlosses war. So ging er um das Schloss herum. Das war ohne weiteres möglich, es gab keinen Burggraben, keine Zugbrücke; die Menschen, die das Schloss als Touristenattraktion anpriesen, hatten ihre Sache nicht besonders gut gemacht. Sie hätten einen Graben ziehen müssen, darüber eine Zugbrücke legen, gegenüber einen Andenkenstand, ein Treffpunkt für geführte Rundgänge. Das alles möglichst an einem Punkt, von dem aus man den hässlichen Neubau nicht sehen konnte.

Auf der anderen Seite angelangt war der linke Flügel zum rechten geworden, der rechte zum linken. Sonst hatte sich nichts verändert, kein Eingang, keine Tür.

Vielleicht mochte das Ei einen Eingang hervorbringen, wenn er nur lang genug wartete. Aber er war nicht wirklich sicher, ob sich das Ei tatsächlich veränderte. Jedenfalls erweckte es den Eindruck.

Also schloss er seine Runde ab, ging wieder auf die Vorderseite, setzte sich vor dem Ei auf den Boden und wartete, ob es ihn aufnehme.

Das Ei blieb trotzig und ließ ihn nicht ein. Vielleicht sollte er doch zurückfahren, oder in die Stadt; das Schloss konnte am Wochenende ja verschlossen bleiben - aber zumindest eine *Türe* musste es haben.

Er ging eine zweite Runde und fand schließlich den Eingang auf der Seite des neuen Traktes, an der man den alten nicht sehen konnte. Hämisch grinsend ruhte der goldene Kelch über dem Betonklotz und die Türe, eine Glasschwingtüre, war noch schäbiger als die gelbgerahmten Fenster. So eine Schwingtüre hätte man in den Sechzigerjahren in jedes öffentliche Gebäude eingebaut, ja sogar in öffentliche Toiletten, wenn auch hier nicht aus Glas.

Enttäuscht trat er ein, nahm sich vor, keinen Eintritt zu bezahlen; würde einer verlangt, würde er umkehren, den Nachmittag in der Stadt verbringen, wie er es vorgehabt hatte.

Er befand sich in einem langen Gang, er musste, der Richtung nach, auf das Ei zuführen, aber die Kanten trafen sich in einem Fluchtpunkt, es war gar nicht abzuschätzen, wie lang er sein mochte. Länger jedenfalls, als das Schloss von außen. Links und rechts lagen jeweils genau gegenüber zwei kobaltblaue Türen, durchnummeriert, die geraden auf der rechten, die ungeraden auf der linken Seite.

Natürlich verlangte niemand Eintritt.

Er lief über den billigen Linoleumboden, rannte und rannte, über ihm die grellen Leuchtstoffröhren; links und rechts von ihm die Nummern wurden immer größer. Bei 43/44 angelangt, kam er außer Atem und blieb stehen. Entfernt sah er hinter sich den Eingang, durch den er das Schloss betreten hatte, ärgerte sich, dass es hier nichts zu sehen gab und sah vor sich noch viel weiter entfernt den Fluchtpunkt.

Er überlegte nun zum ersten Mal, was hinter den Türen wohl sein mochte, ob sie wohl verschlossen wären.

Also ging er zu 45 und drückte die Klinke herunter. Als er die Tür einen Spalt breit aufgedrückt hatte, vernahm er ein leises rhythmisches Klingeln. Er zog die Türe erschreckt zu und klopfte an.

Da niemand antwortete, trat er doch durch die Türe in das Zimmer, um dem Klingeln auf den Grund zu gehen.

Das Zimmer war klein, dunkel getäfelt und wirkte gemütlich. Vielleicht war er schon durch das Ei hindurch in den alten Trakt gelangt. Er konnte sich dieses Zimmer nicht in einem Bürogebäude vorstellen. Links war eine offene Türe zu einem dunklen Zimmer, wahrscheinlich No. 43. Er war froh, nicht auf 43 gegangen zu sein, dort wäre es dunkel, und hier war es irgendwie freundlich; rechts stand eine alte Bauernanrichte mit vielen Schubladen. An dieser stand mit dem Rücken zu ihm eine Frau, die an einer alten Zentrifuge kurbelte. An dem langen roten Kurbelarm war eine Glocke befestigt, die bei jeder Umdrehung einmal klingelte. Ping. - Ping. - Ping.

Die Frau war ungeheuer dick und trug einen weißen Mantel, wie Ärzte oder Metzger. Ihre dicken Beine waren in blickdichte Strümpfe gezwängt, und das Kurbeln strengte sie sichtlich an: Sie keuchte. Und sie keuchte überhaupt nicht im Rhythmus. Er sprach sie an, doch sie hörte ihn nicht, sie drehte sich auch nicht um. Er setzte sich auf den Boden, weil er das Zimmer so freundlich fand.

Er würde nicht durch die dunkel klaffende Öffnung in das benachbarte Zimmer gehen, ihn interessierte auch überhaupt nicht, was sich darinnen befand. Er fragte sich, was sich in den Schubladen der Bauernanrichte wohl befinden mochte. Als Kind war einmal auf einem Bauernhof gewesen. Eine Anrichte war dort auf dem Gang gestanden, und in einer der Laden waren Süßigkeiten aufbewahrt worden. Er konnte sich nicht mehr erinnern in welcher.

Er fragte sich auch, wie viele Umdrehungen die arme Frau wohl noch kurbeln musste. Aber er spürte, wie das Klingeln auf ihm lastete; und mit jeder Umdrehung fühlte er sich *älter*. Also ließ er die Frau stehen und trat wieder hinaus auf den Gang.

Hier hatte sich nichts verändert, und immer noch war er erstaunt über den Kontrast zwischen dem freundlichen Zimmer und dem blitzenden Linoleum.

Er probierte 47.

Es war eine Spülküche. Unter der Decke hing ein uralter Boiler, der wie ein U-Boot aussah, so riesig, so eigenartig geformt und genauso verschraubt. Über das Abwaschbecken beugte sich -

Über das Abwaschbecken beugte sich eine dicke Frau im weißen Mantel, es hätte dieselbe sein können, aber er hatte sie vorhin nur von hinten gesehen. Das Abwaschbecken war auf der linken Seite des Zimmers und neben diesem befand sich eine Türöffnung zu einem anderen, dunklen Zimmer. Es musste also zwischen 45 und 47 ein noch ein weiteres Zimmer liegen, da 45 nach rechts keinen Ausgang hatte. Aber auch hier lud ihn nichts ein, durch die dunkle Öffnung zu gehen. Zu rechter Hand waren alte Fichtenschränke mit Glastüren, die Schrankböden bogen sich unter dem Geschirr, das darauf stand. Obwohl die Kästen voll schienen, wusch die Frau Tasse um Tasse und schob sie auf das Abtropfbrett.

Wieder hörte sie ihn nicht, als er sie ansprach.

Er nahm ein Geschirrtuch und begann, die Tassen abzutrocknen und in den richtigen Schrank zu schichten. Aber die Frau bemerkte ihn nicht. Sie stand da und zauberte aus dem Becken eine Tasse nach der anderen, mit einem ähnlichen Rhythmus, wie das Kurbeln im anderen Zimmer.

Wenn jetzt jemand hereinkäme, würde er zwei Menschen finden, die schweigend ihrer Arbeit nachgingen, es würde ihn nicht erstaunen, natürlich musste das Geschirr abgetrocknet werden. Vielleicht war er zum Abtrocknen *erwartet* worden, was würde mit den Tassen sonst geschehen? Die Frau hätte sie sicher über das Brett hinausgeschoben; mit jeder Tasse, die sie auf das Brett schob, wäre eine andere auf den Boden gefallen und unweigerlich zerschellt.

Ein heftiger Schauer fuhr ihm über den Rücken; rechts neben dem Brett *lag* ein großer Scherbenhaufen. Er warf die Tasse, die er in der Hand hielt, auf den Boden und lief schreiend aus dem Zimmer.

Auf 49 war wieder eine Frau im weißen Mantel. Sie kehrte den Fußboden; in immer demselben Rhythmus hob sie den Besen, machte einen Schritt und kehrte. Auch hier gab es einen schwarzen Durchgang auf der linken Seite. Er schlug die Türe zu und rannte wieder den Gang entlang.

Er fand die Frau auf 79, sie tippte rhythmisch auf einer Schreibmaschine; er fand sie auf 81, rhythmisch den Teig für einen Kuchen schlagend, und er fand sie auf 83, im Schaukelstuhl sitzend, ihre Stricknadeln rhythmisch gegeneinanderschlagend.

Er lief weiter, ließ einige Türen aus, wollte aber endlich wissen, was sich hinter der offenen Türe auf der linken Seite jedes Zimmers befinden mochte.

Er ging auf 103.

Alles war anders: In diesem Zimmer gab es keine Frau im weißen Mantel. Er wusste nicht ob es ihn noch erschreckt hätte, sie hier wiederzufinden, rhythmisch einer anderen Tätigkeit nachgehend, oder ob es schlimmer war, sie hier nicht vorzufinden.

Was mochte ihr geschehen sein?

Er ging durch die schwarze Öffnung durch, es war eine Gesindekammer, und die Frau lag zitternd im Bett. Sie war totenblass, schien aber vor Fieber zu glühen. Er betrachtete lange und teilnahmslos die winzige Kammer. Das alte Bett, in dem die Frau lag, war mit rot - weiß kariertem Stoff bezogen, ordentlich gemacht, wohl erst vor einigen Minuten, noch gar nicht zerwühlt oder zerknittert.

Sonst war nicht viel in dem Zimmer. Zum Kopfende stand noch ein Hocker, auf den ein Keramikengel mit Kerze gestellt war, ein paar Taschentücher, ein Rosenkranz.

Da merkte er, dass die Frau die ganze Zeit mit ihm gesprochen hatte. „Ich liege im Sterben." immer den gleichen Satz. „Ich liege im Sterben."

Er wollte der Frau helfen. Aber er wusste nicht, wie. Was er ihr antwortete, hörte sie nicht; und ihren Tod konnte er auch nicht aufhalten.

Also ging er aus dem Zimmer und ließ die Frau allein.

Er probierte 105.

Die Frau lag wieder in ihrer Kammer, sagte wieder, sie liege im Sterben; obwohl es offensichtlich war, sagte sie es.
Von Mitgefühl gepackt ging er aus dem Zimmer, er konnte ihren Anblick nicht ertragen. Auch ihren einzigen Satz hatte sie in immer demselben Rhythmus wiederholt.
Auf 107 fasste er sich ein Herz, schlug die Decke zurück, um sie bei der Hand zu nehmen.
Vor Schreck wäre er beinahe wieder davongelaufen. An ihrer Brust lag ein Kind. Höchstens zwei Tage alt, den Nabel noch verbunden saugte es an der Brust seiner Mutter.
„Ich liege im Sterben." „Ich liege im Sterben."
Er entriss ihr das Kind. Es sollte nicht an der Brust seiner toten Mutter verenden. Er öffnete sein Hemd, dass es nicht erfrieren sollte, drückte er es an seine Brust und überließ die Frau ihrem Schicksal.
Auf 109 sah er sie tot im Bett liegen. Er fragte sich, ob sie in den anderen Zimmern wohl noch am Leben war. Ob er in ihr Schicksal hätte eingreifen können. Aber es war ohne Belang. Er musste das Kind retten, das sanft an seinen Brustwarzen saugte. Gleich würde es zu schreien beginnen, enttäuscht darüber, dass die Milchquelle versiegt war und zum Zeichen, dass es noch hungrig sei.
Er hatte sich getäuscht, Es schlief friedlich ein, war von seiner Mutter *mit dem Nötigsten* schon versorgt worden. Aber es würde Windeln brauchen, die Baumwollbinde, die seine Scham bedeckte, würde nicht mehr lange dienen. Er wusste auch nicht, wie oft ein Kind gewickelt oder gestillt werden müsse. Und er wollte nicht, dass es in dem Schloss verende, das seine Mutter zugrunde gerichtet hatte.
Aber er wusste auch nicht, wie er das Schloss verlassen sollte. Vor ihm lag immer noch der Fluchtpunkt. Und ob nach sechzig Türpaaren hinter ihm noch immer der Ausgang lag, mochte er nicht mit Bestimmtheit zu sagen.
So probierte er wieder die Türen zu seiner linken Seite, fand die Frau in immer stärker verwesem Zustand stinkend im Bett liegen, bis er einsah, dass er von ihr keine Hilfe erwarten konnte.
So rannte er den Gang weiter, war schon bei den Zweihundertern angelangt, als das Kind zu schreien begann. Seine Binde war nass, was mochte er tun, er zerriss sein Hemd, um es irgendwie neu zu wickeln. Jetzt erst merkte er, dass es ein Mädchen war. Er schlug die Fetzen des restlichen Hemdes um das Kind, um es zu wärmen und rannte, selber frierend, mit nacktem Oberkörper weiter in das Nichts. Das Kind schrie, und ihn fror, und doch gab es keinen in diesem Schloss, der ihm helfen konnte.

Er tat sich unsäglich leid. Warum war er dem braunen Schild gefolgt, hatte sich nicht einen schönen Nachmittag in der Stadt gemacht?

Endlich probierte er eine Türe auf der rechten Seite. Sie führte ins Freie. Sobald er nach außen getreten war, war die Öffnung wieder verschwunden; rätselhaft riesig thronte das Ei, dem er entschlüpft war. Offensichtlich hatte er den alten Teil des Schlosses, den er eigentlich hatte besichtigen wollen, noch gar nicht erreicht.

Er stieg in sein Auto, legte das Kind auf den Beifahrersitz und fuhr nach Hause.

Seine Frau würde schon wissen, was mit dem Kinde anzufangen sei, wenn er es nur lebend nach Hause brachte.

Seine Frau war zumindest befremdet über das Kind, nahm sich seiner aber an, puderte und wickelte es, flößte ihm warme Milch mit einem Löffel an, da kein Fläschchen im Haus war.

„Können wir das Mädchen behalten?", bettelte er sie an. Sie war schlank, zierlich, hübsch und trug auch keinen weißen Mantel.

„Wir sagen einfach, es sei unser Kind. Nicht wahr?"

Sie sah ihn verstehend an, obgleich sie nichts verstand.

„Wenn du ja sagst, werde ich sonntags nie wieder in die Stadt fahren. Ich werde dich nie wieder allein zu Hause lassen. Ich werde - "

Also sagte sie: „Ja."

Irma

Bis hierher waren sie gegangen, und hier würden sie sich trennen.
Sie warfen einander einen letzten Blick zu, und schweigend gingen sie auseinander.
Sie hatten das so vereinbart, und sie hatten es auch so durchgeführt, und dennoch tat es ihnen im Herzen weh.
Er blickte ihm lange Zeit nach, und so ging er langsamer, als er zuvor gegangen war.
Als dann endlich die Sonne vor ihm unterging, war er immer noch am Gehen.
Er hielt ein, schnallte den eingerollten Schlafsack vom Rucksack, und er legte ihn auf die Erde. Sodann setzte er sich darauf, beugte sich vornüber, legte den Kopf auf die Knie und schlief ein.
Er wachte auf, schallte den Schlafsack wieder an und ging weiter.
Seine Kleider waren noch feucht, seine Glieder schmerzten, er hatte Hunger und er hatte Durst.

Er kam zu dem Haus, wo er freundliche Aufnahme erwartet hatte.
"Am dritten Tage deiner Wanderung kommst du zu einem Haus. Die verzogene Türe liegt auf der Wetterseite. Du klopfst dreimal, aber man wird dir nicht öffnen. Tu es trotzdem, weil es die Höflichkeit gebietet. Dann setzt du dich auf die Stufe vor der Türe. Vielleicht wartest du den ganzen Tag, aber irgendwann kommt Irma heraus. Hallo Irma, sagst du zu ihr, sie antwortet nicht, denn sie ist taub. Aber sie sieht dich und lächelt dich an. Mit ihren alten Krallen greift sie nach deinem Arm um dich hineinzubitten. Ziehe auf jeden Fall die Schuhe aus. Sie wird dich für ein paar Tage versorgen, dir ein Bett gewähren. Wenn du ihr Arbeit abnehmen willst, wird sie es nicht zulassen. Nach vier Tagen, also am siebten Tag deiner Reise, klopft dann der Freund an die Türe. Er wird dreimal klopfen, du wirst ihn hören, Irma aber nicht. Du führst sie zur Türe und stellst den Freund ihr vor. Noch am selben Tage werdet ihr ziehen und beim Abschied wird Irma weinen. Küsse sie auf ihr graues faltiges Gesicht, wenn du gehst, sie hat dir Gutes getan und du wirst sie nicht mehr sehen."

Er hatte die Worte genau in Erinnerung.
An der Wetterseite klaffte der Eingang. Er wusste nicht, ob er dreimal an den Türstock klopfen sollte, Irma war sicher nicht mehr da.
So setzte er sich auf die Stufe vor dem Eingang. In vier Tagen käme der Freund wieder, hoffentlich war es ihm am Wege besser ergangen.

Immer noch hatte er Hunger und Durst, aber er wollte nicht in das Haus gehen, wenn niemand ihn einließ.

Wer die taube Irma wohl war? Was sie wohl veranlasst hatte, eine Zeit hier in der Einöde zu wohnen und Wanderer zu empfangen? Wie viele Tränen sie wohl vergossen und wie viele Küsse sie empfangen?

Wolken zogen auf, gossen sich aus und an der Wetterseite war er dem Regen voll ausgesetzt. Wie schade war es doch, dass Irma ihn nicht empfangen hatte. Er nahm einen Becher aus seinem Rucksack um vom Wasser aufzufangen.

Aber die Tropfen schienen dem Becher auszuweichen, am Abend war er kaum einen Zentimeter voll. Aber der eine Schluck Wasser half ihm seine verklebte Zunge zu lösen.

Solchermaßen erleichtert schlief er ein.

Im Traum erschien ihm Irma.

"Gib mir doch einen Kuss!", bettelte die taube Frau. "Gib mir, bitte, meinen Kuss!"

Am Morgen war er so steif, dass er nicht aufstehen konnte. Aber die Sonne würde solange auf ihn herunterbrennen, bis seine Glieder wieder warm würden. Würde er es weitere drei Tage durchstehen? Der Freund verließ sich darauf, dass er ihn erwartete. Zu welchem Zweck aber? Er konnte ihm nichts anbieten, und er wäre so erschöpft, dass er ihm nicht folgen könnte.

"Warum bist du nicht hineingegangen?" Der Freund stand vor ihm, er aber hörte ihn nicht. Nur dessen Gesichtsausdruck verriet ihm seine Frage.

Gemeinsam gingen sie durch den Eingang. Darinnen war alles sehr ordentlich und sehr verstaubt. Verstaubt war auch die graue Mumie einer Frau, die in einem Lehnstuhl saß. Irma wartete wohl schon seit Jahren auf ihren Kuss.

Behutsam trugen sie sie hinaus und am Eingang drückte er ihr einen Kuss auf die Stirn.

Irma wurde draußen verscharrt.

Er hätte den Freund gerne gefragt, warum er so früh schon gekommen. Aber er hatte das Sprechen verlernt.

Als sie sich an dem Tische gegenüber saßen, verstand er, dass der Freund alleine weiterziehen würde.

Er hatte Tränen in den Augen, als dieser ihn zum Abschied küsste.

Kein einziger

Einmal ist
großes Geschrei
in dem Raum.

Keiner weiß,
wie ihm geschieht.
Keiner denkt.

Keiner wagt
etwas zu tun,
keiner will.

Keiner fragt:
„Was ist hier los?"
Keiner ahnt.

Jemand will
etwas von Dir.
Ja! Von Dir!

Und er fragt:
„Kommst Du nicht her?"
Und Du gehst.

Komisch

Waltraud trat auf den Gang.
Alles kam ihr so fremd vor.
Sie war doch nur auf die Toilette gegangen.
Gab es vielleicht eine andere Türe auf den Gang?
Sie schritt über den roten Läufer, sah, die letzte Türe auf der linken Seite stand offen.
Links und rechts von ihr standen Schränke, und Waltraud fragte sich, was darinnen untergebracht sei.
Sie konzentrierte sich und versuchte zu überlegen, was bei ihr zuhause in den Schränken am Gang war.
Aber sie wusste nicht, wo sie zuhause war.
Endlich hatte sie die zehn Schritte bis zur offenen Türe geschafft.
Sie blickte in ein Wohnzimmer. Ein Mann und eine Frau spielten mit einem kleinen Mädchen Mensch-ärgere-dich-nicht.
Irgendetwas stimmte nicht in dem Zimmer.
Es hing mit dem Spielbrett zusammen. Das Spielbrett war für vier Spieler bestückt.
Die Familie spielte aber nur zu dritt.
Waltraud begann sich zu fürchten. *Sah sie denn keiner?*
Sie versuchte, in dem Wohnzimmer irgendetwas wieder zu erkennen.
Gegenüber der Türe stand eine alte Bauernanrichte. Unter dem Oberschrank war eine Stange, an die grüne Teller lehnten.
Waltraud fand die Teller hässlich.
Plötzlich erstarrte sie vollends.
Sie sah, wie einer der Teller sich bewegte.
Sie schrie laut auf und beobachtete, wie der Teller unter der Stange hervorrutschte, hinunterfiel und zerbrach.
„Waltraud!" riefen die drei entsetzt. „Was schreist du denn so. Jetzt ist sogar ein Teller heruntergefallen!"
Waltraud brach in Tränen aus, „es war so furchtbar," stammelte sie, „ich habe nichts wiedererkannt!"
Ihre Eltern blickten sie verständnislos an, bis Carmen sagte: „Ich bin müde." Dann fanden sie: „Ihr gehört beide ins Bett."
Sie wollte nicht ins Bett. Würden ihre Eltern denn nicht zuhören?
Sie musste doch erzählen, was sie eben erlebt hatte, war es doch so schrecklich gewesen.
Waltraud kämpfte lange Zeit, bis sie einschlief. Immer wieder sah sie sich in einen unbekannten Gang hinaustreten, immer wieder Teller aus Anrichten fallen, hörte sich immer wieder aufschreien. Gelegentlich brach sie in Tränen aus, bis ihre kleine Schwester jammerte: „Kannst du nicht ruhig sein?"

Waltraud ärgerte sich über Carmen, war aber ruhig, obwohl sie nicht schlafen konnte.

Eigentlich hasste sie Carmen, das kleine Ding, das immer den Mund zu voll nahm, und das die Eltern immer so sehr bevorzugten. Sie steigerte sich immer mehr in ihren sinnlosen blinden Hass.

Inzwischen war zu hören, wie einer der Eltern auf die Toilette ging. Die Tür schlug, die Schritte schlurften, die Tür schlug, die Spülung rauschte, die Tür schlug, die Schritte schlurften, die Tür schlug.

Aber damit war es nicht zu Ende. Ein neuerlicher Toilettengang begann. Die Tür schlug, die Schritte schlurften die Spülung rauschte. Auch ein dritter Spaziergang fand statt. Dann kam die Steigerung. Die Tür schlug, die Schritte schlurften, die eigene Tür schlug und der Vater stand im Zimmer. „Müsst ihr solchen Krach machen?" fragte er, und so unterbrach er Waltrauds Hassausbrüche. Carmen beteuerte, sie seien beide im Bett gewesen. „Aber Waltraud weint schon die ganze Nacht. Vielleicht fehlt ihr irgendwas."

Waltraud tat es leid, dass sie so schlecht über Carmen gedacht hatte. Sie schien sich ernsthaft Sorgen zu machen.

Der Vater ging wieder ins Bett.

Carmen meinte: „ Das muss über uns gewesen sein. Was die wohl tun?"

Das war nicht über ihr gewesen. Das war in der eigenen Wohnung.

Schließlich schlief Waltraud aber dennoch ein.

Während Waltraud duschte, gingen im Bad plötzlich beide Lampen aus, so dass sie völlig im Dunkeln unter der Dusche stand. Das Bad hatte nämlich kein Fenster.

So erfasste sie die Panik, und sie begann um sich zu schlagen. Dabei riss sie den Duschvorhang von der Stange, verwickelte sich darin hoffnungslos, rutschte in der nassen Duschwanne aus und fiel.

Sie schrie, bis sie fast besinnungslos war, dann öffnete jemand von außen die Türe mit dem Schlüssel vom Sicherungskasten, der auch das Badschloss sperrte.

Die Mutter sah sie bei dem Licht, das durch die Türöffnung in das Bad fiel, nass und voller Schaum in einen Duschvorhang gewickelt im Dunkeln am Boden liegen und schrie nur: „Um Himmels willen!"

Der Vater befreite sie schließlich aus ihrer misslichen Lage und schraubte neue Birnen in die Lampen. Er verstand nicht, wie das hatte passieren können, „Ein plötzlicher Stromstoß vielleicht?"

„Das Kind ist völlig überreizt. Sie kann heute unmöglich in die Schule."
Was ist denn da nur passiert. Ich verstehe das nicht; vielleicht spukt es in dieser Wohnung.
Waltraud hatte sich den Ellbogen verstaucht bei ihrem Sturz. Ihre Mutter begleitete sie zum Arzt.
Die Sprechstundenhilfe bat sie freundlich, im Wartezimmer Platz zu nehmen.
Als ihre Mutter die Türe öffnete sah Waltraud, wie voll das Zimmer war.
Ich will nicht in dieses Zimmer. Alles in ihr sträubte sich. Dennoch zwang sie sich, hinter ihrer Mutter in das Wartezimmer zu gehen.
Als sie die Türe geschlossen hatte, fegte es mit einem Satz alle Zeitungen von dem kleinen Nierentisch. Die Patienten redeten durcheinander.
Waltraud aber hastete zur Türe hinaus. Sie lief und lief, bis sie wieder zuhause war. Hier erst fing sie zu schreien an.
Etwas später kam ihre Mutter und fand sie weinend im Bett.

Beim Mittagessen war der Arztbesuch das große Thema. Niemand konnte sich erklären, wie so etwas möglich gewesen war. „Ein Windstoß?"
Waltraud war es sehr unangenehm, dass das Thema so ausführlich besprochen wurde.
Waltraud schrie nicht mehr, als die Lampe über dem Tisch zu schaukeln begann.
„Ein Erdbeben." Die Lampe schaukelte so heftig, dass sie an der Decke zerschellte. „Es muss ein Erdbeben sein."
Als die Eltern besprachen, am Nachmittag zu einem Psychiater zu gehen, brach Carmen in Tränen aus. „Ich will nicht mit Waltraud alleine zuhause bleiben. Ich habe Angst."
Das gab wohl den Ausschlag.
Türen flogen auf und zu, Teller flogen aus dem Schrank, die Lampe schaukelte, die Spülung rauschte, Gegenstände wanderten durch die Luft.
Die entsetzte Familie rannte durcheinander, wollte flüchten, aber die Wohnungstür ließ sich nicht öffnen.
Schließlich liefen sie auf den Balkon um in die Nachbarwohnung zu gelangen.
Allein Waltraud blieb am Küchentisch sitzen.
Als sich das Gespuke verflogen hatte, musste sie schmunzeln.
Schließlich brach sie in ein herzhaftes Lachen aus.

Das Konzert in St. Augustin

St. Augustin ist ein malerisches Dorf, das sehr schön in der Landschaft liegt. Es teilt sich Felder und Hügel mit der Natur, die Besitztümer der Bauern, die dort wohnen, erstrecken sich noch weit in die Berge und weit in das Tal. St. Augustin ist über eine Straße erreichbar.
Die St. Augustiner Bauern verstehen sich recht gut, da ihre Besitztümer einigermaßen gleich groß sind und die Böden von so guter Beschaffenheit, dass niemand ein anderes Stück haben möchte.
Einer von den Bauernhöfen, eher schon alt und mit eher kleinerem Stall, hat eine besonders große Stube. Darin kann sich leicht die ganze Gemeinde versammeln, mehr als sechzig sind es ohnehin nicht. So finden hier die Gemeindeversammlungen statt.

Zu der Zeit, als sich die Geschichte zutrug, stand ein kleines Klavier in der Stube, auf dem der kleine Georg, Sohn des Bauern Johann Trubelbauer, dem der Hof gehörte, täglich üben musste. Der Bauer, der immer in die nahegelegene Stadt St. Leo fuhr, damals muss es wohl Anhelm Hinz gewesen sein, um Dinge zu besorgen und Neuigkeiten zu erfragen, brachte Georg stets neue Noten mit, die er dann spielen könne. Dies waren, wie damals üblich jedes Mal berühmte Werke großer Meister, wie Saint Saëns, Beethoven, Telemann und Bach, die irgendwer für Klavier abgeschrieben hatte.
Da kam eben Herr Anhelm Hinz mit der Neuigkeit, dass die Akademie von St. Lukas an der Straße fuhr und gegen Bezahlung von nur so viel Geld, wie es das Dorf leicht aufbringen konnte, in jedem Dorfe das berühmte Violoncellokonzert des großen Meisters Haydn spielen würde.
Dem kleinen Georg hatte er auch, dass er es spielen möge, gleich Noten zu diesem wohl wirklich einzigartigen Werke mitgebracht.

Sogleich hielten die Bewohner von St. Augustin bei Johann Trubelbauer in der Stube einen Rat. Der kleine Georg spielte zehn oder fünfzehn Takte auf dem Klaviere vor, mehr hatte er in der halben Stunde sich nicht zu eigen machen können. Und die St. Augustiner waren von dem galanten einfühlsamen Thema in D-Dur so begeistert, dass sie sofort beschlossen, dass die Akademie, wenn sie durch das Dorf zöge, gehört werde. Georgs kurzer Einführung hätte es wohl zu diesem Entschlusse kaum bedurft, die Menschen waren doch zu neugierig auf das Konzert.

Siehe dar; einige Wochen später kamen vier eigenartig anmutende Männer mit langen Haaren und Bärten in das Dorf. Einer trug sogar eine kleine runde Brille, durch die seine Augen riesig erschienen. Alle hatten sie seltsam geformte Koffer, aus denen sie Instrumente auspackten, die die St. Augustiner nur vom Schulbuche her kannten. Eine Violine, ein Violoncello und eine Guitarre, die ganz anders aussah, als die, die Herr Hinz auf seinem Boden hatte. Und eine lange schwarze Klarinette. Die Akademie von St. Lukas wurde gleich freundlich bei den Trubelbauers aufgenommen. Das Dorf hatte wohl eine größere Akademie erwartet, aber die vier Personen rechtfertigten vielleicht den niedrigen Preis. So konnten alle übrigen Bauern ihre eigens hergerichteten Betten wieder abziehen, denn die vier wunderlichen Kollegen sollten dort schlafen, wo das Ereignis dann auch statthaben würde. Die Akademie von St. Lukas zeigte ganz eigenartiges Verhalten: Die Männer aßen nicht mit der Familie zu Abend und wollten in ihrem Zimmer nicht gestört werden. Frau Trubelbauer war also im Geheimen froh darüber, dass ihr Sohn so schlecht Klavier spielte.

Zum großen Ereignis hielt sich das ganze Dorf in der Stube versammelt. Auch der kleine Georg hatte seine Eltern überreden können, dabei zu sein, auf dass er hören könne, wie das wunderbare Konzert von Haydn zu spielen sei. Für alle Bewohner des Dorfes war es die erste Akademie, die sie hören sollten, und sie hatten sich in entsprechender Neugier zurechtgemacht. Die Herren trugen alle vornehme Lodenröcke, die viele sicher von ihren Urgroßvätern geerbt hatten und sie bedeckten mit Gamaschen den Abstand, der sich im Sitzen zwangsläufig zwischen ihren Hosenärmeln und den Stiefeln ergab. Die Damen gaben sich ganz dem Weißen, Rosaroten und Grünen oder Blauen hin, in dem Schnitt der Tracht, die in der Landschaft damals sittlich war. Einige von ihnen hatten die Haare in mehreren Zöpfen um den Kopf gewickelt, manche trugen einen Hut, den sie mit einer Nadel durch ihren Haarknoten festgesteckt hatten.
Der kleine Georg saß hinter dem großen Ofen versteckt, dass die Akademie nicht merke, dass ein Kind in dem Saale sei. Oh, wie die Menschen applaudierten, als die vier den Saal betraten! Eine ganz festliche Stimmung kam auf. Die Bärtigen, der mit der Brille spielte das Violoncello, setzten sich auf die bereiteten Sessel. Das Cello spielte das D-Dur Thema, das alle schon kannten, aber diesmal klang es in ihren Ohren viel schöner, viel kunstvoller, als beim ersten Male. Dann folgten Melodien, die fast an Kinderlieder erinnerten, und die hauptsächlich von der Klarinette vorgetragen wurden. Der kleine Georg hinter dem Ofen wunderte sich, da er die Melodien in den Noten nie gesehen

hatte. Vielleicht war seine Abschrift schlecht? Wohl aber kannte er die Melodien aus anderen Noten. Alle anderen, erwachsenen, Menschen waren hellauf begeistert von diesem Haydn, der in seinem Cellokonzerte die Klarinette, sicher das schönste der vier Instrumente mit so viel Liebe bedacht hatte. Dann folgte eine Stelle, bei der der bebrillte Mann wild auf seinem Instrumente sägte. Er endete in einem Ton, es war sicher ein D, den er minutenlang in kräftigem Tremolo aushielt. Da sich an diesem Tone nichts mehr ändern wollte, schloss Herr Hinz, es sei wohl das Ende des Satzes und schlug seine Hände zusammen. Das löste eine Welle des Applauses aus. Der Cellist hörte auf zu sägen; die Musiker standen auf, verneigten sich und verließen den Saal bis zum nächsten Satze.
Das Getuschel, welches nun hereinbrach, braucht nicht wiedergegeben zu werden, die Menschen haben ohnehin in ihrem eigenen Gekicher nichts verstanden.

In ähnlichem Style folgten der zweite und der dritte Satz, die St. Augustiner waren hellauf begeistert und wollten von der Akademie durchaus eine Zugabe. So spielten sie alle vier das erste Mal wirklich gleichzeitig, es klang grauenhaft und scheußlich, wie das Stimmen der Instrumente zu Beginn, nur viel lauter.
Zwei der Damen, die ihr Korsett etwas zu eng geschnürt hatten, fielen denn in Ohnmacht. Dieser Vorfall beleidigte die Musiker in solchem Maße, dass sie den Krach sofort einstellten, ihre Bezahlung verlangten und abzogen.
Noch lange Stunden sprachen sie St. Augustiner in dem Saale versammelt über die wunderbaren Klarinettenmelodien in dem Konzerte, wie gut ihnen der Haydn und wie schlecht ihnen die Zugabe gefallen hatte und wie wunderlich doch die Musiker wären.
Nur der kleine Georg fragte zunächst sich und dann die anderen, warum die vier die ganze Zeit einstimmig, nur eben abwechselnd, gespielt hätten, während er in seinen Noten stets die schwierigen Mehrfachgriffe auszuführen hatte, und warum das Violoncell in diesem Konzerte gar so grässlich geklungen. Er wurde denn auch gleich zu Bett geschickt.
Erst nach langem Trinken und Schwatzen kam St. Augustin zur Ruhe, die Bauern zerstreuten sich und gingen schlafen.

Nicht schlecht staunte die Familie Trubelbauer, als später in der Nacht vier elende Männer, bärtig und mit langen Haaren seltsame Koffer schleppend, jammernd vor der Türe standen.
Sie haben, laut ihrer Aussage von den Früchten des Waldes genascht. Ihnen sei es sehr erübelt, und ein kleines Mädchen

namens Harriet Hail habe ihnen gesagt, die Früchte seien giftig. Sie brauchten nun dringend etwas Geld für den Arzt.

Frau Trubelbauer heizte Wasser auf, weil doch in solchen Fällen ein heißes Bad stets das Beste, und als die vier sich ins Badezimmer gesperrt, sprach sie mit ihrem Gatten, der wohl geneigt, den Vieren Geld zu geben, um sie los zu sein. Es gebe kein Harriet Hail in diesem Dorfe, und um diese Zeit könne wohl auch sonst kein Mädchen im Walde sein. Sie sollten, wenn überhaupt, zum Arzte gehen, den er, Herr Trubelbauer, kenne, mit seinen Empfehlungen, er würde nächste Woche bezahlen. Sie, glaubte Frau Trubelbauer, müssten sich vor den Vieren in Acht nehmen, da sie ihr regelrecht gefährlich schienen.

Umso mehr erschrak sie, als sie sich plötzlich alleinig im Hause fand mit den Vieren im Bad und dem schlafenden Kind im oberen Stock. Fast hätte sie der Schrecken hinweggerafft, als ihr Mann mit der Sense wieder kam. Er hatte sie nur für den Notfall geholt.

Die vier wollten aus dem Bade gar nicht mehr herauskommen. Nach einer Stunde, dar es schon Mitternacht war, wagte Herr Trubelbauer, mit der Sense bewaffnet, die Badezimmertüre zu öffnen.

Erstarrt blieb er stehen, als er den Raum leer von Menschen fand. Vier große Vögel standen am Rande der Wanne, krächzten und beschimpften sich.

Die Kristallkugel

Das Nicht-Verzeihen-Können. Das immer wieder Aufrollen alter, längst vergangener Geschichten. Die ewigen unberechtigten Vorwürfe.
Und das stete Zusehen-Müssen, wie sie sich langsam, unaufhaltbar in berechtigte verwandeln.

Die Kristallkugel ruhte auf dem Samt. Dahinter die Kerze als einziges Licht für den Raum. Aber es brauchte kein Licht, der Raum war die Küche, seit Ewigkeiten Zentrum seines Lebens. Hier wurden als Kleinkind seine Windeln gekocht. Hier wurden ihm Milch und Brei eingeflößt. Hier hatte er fast alle Mahlzeiten seines Lebens zugebracht. Hierher kam er zehnmal am Tage, um sich etwas zu trinken zu holen.
Hier hatte er seine Hausübungen geschrieben. Hier erfolgten auch die Strafen für Nicht-Essen. Für Hausübung-Nicht-Schreiben. Für Zimmer-Nicht-Aufräumen. Für Nicht-Nachhause-Kommen.
Er wusste genau, wo welcher Kasten stand, die Abwasch, die Waschmaschine, der Kühlschrank, der Herd. Er kannte auch das blau karierte Tischtuch, wo es nicht vom Samte bedeckt war.
Nein, er hätte des Scheines der Kerze nicht bedurft, wäre da nicht die Kristallkugel.

Von ihr wollte er wissen. Die Zukunft. Was. Wie.
Aber die Kugel schwieg. Er saß im Dunkeln und zu ihm kam nur die Erinnrung an längst Vergangnes. Dinge, die er vergessen wollte.
Aber sie kamen immer wieder, hatten ihn ein Leben lang gequält. Oft hatte er sich gewünscht, zu sterben. Aus Trotz. Aus Furcht. Aus Schmerz. Und sein Körper hatte immer durchgehalten.

Nun hatte er sie alle überlebt. Er war ein Märtyrer gewesen, hatte alles erduldet. Aber er war siegreich hervorgegangen. Vor ihm die Leere, nichts mehr tun zu müssen. Sein ganzes Leben ein Vorwurf an die Eltern, jetzt wo sie gestorben waren: Sinnlos.
Immer konnte er noch nicht verzeihen. Vor ihm die Erkenntnis, wie recht sie gehabt hatten, alles würde so kommen, wie sie gesagt oder wäre so gekommen, wenn sie es nicht verhindert. Der Pokal des Rechthabens war hin und hergereicht worden, längst leer. Aber wer hatte mehr davon abgekriegt?
Das Schweigen der Kristallkugel. Zeichen seines Unterliegens? Symbol für sein Leben? - Nie Klagen, immer nur Vorwürfe?

Der Teppichklopfer lag noch auf dem Schrank. Er hatte es ihm stets leicht gemacht: Das Gefühl, für jedes Vergehen sogleich im Übermaß gebüßt zu haben. Die Sünden vergeben.
Warum war jetzt keiner da, der die Schuld aus ihm herausprügelte?
Hätte er doch mehr aus jenem Kelch getrunken, hätte er sie verprügeln sollen, vor dem Unfall?
Hätte er ihnen das Fehlen solcherart verziehen, wäre der Unfall vielleicht nicht nötig gewesen?
War der Unfall Symbol ihres Unterliegens oder ein neuerlicher Vorwurf?
Warum war ihm kein Unfall vergönnt, als Rache für was er nicht verzeihen konnte?
Die Kugel wusste keine Antwort. Sie konnte nicht ändern, was geschehen war, und sie hatte keinen Rat für die Zukunft.

Die Kerze verlöschte.
Die Kugel flog aus dem geschlossnen Fenster unter lautem Klirren der Scheiben. Sicherlich zerschellte sie auf dem Pflaster der Straße.
Den Teppichklopfer warf er ihr nach.

Der andere Mann

Guten Abend. Werden Sie heute sprechen? Es ist schade, dass der Herr, an dessen statt Sie nun immer häufiger einspringen müssen, wieder verhindert ist.
Sie kennen den anderen Herren? Da ich Sie nie gemeinsam arbeiten gesehen habe, bin ich dessen nämlich nicht sicher.
Sie könnten mit dem Kopf nicken, um Ihrer Zustimmung Ausdruck zu verleihen. Kennen Sie ihn?
Ich hatte ihn nämlich sehr gerne. Schon als Kind freute ich mich jedes Mal, wenn er in mein Zimmer kam. Er war damals genauso klein wie ich. Wie alt sind eigentlich Sie? Wohl auch gleich alt wie ich?
Ja?
Jedenfalls tat er seine Arbeit gerne. Soweit ich mich erinnern kann, besuchte er mich fast jede Nacht. Er war ruhig, meistens fröhlich. Ich erzählte ihm die Ereignisse vom Tage; er hörte aufmerksam zu.
Es war unser Ritual, all die vielen Jahre.
Er hörte eben zu, gab gelegentlich seine Meinung ab.
Interessiert Sie das Überhaupt?
Wissen Sie, durch seine Kommentare konnte er das Geschehene verändern. Der Tag, von dem ich ihm erzählte verwandelte sich dann in eine Fabel mit sonderbaren Wesen. Als Kind habe ich mich manchmal vor ihnen gefürchtet. Wurde eine Geschichte allzu wild, kroch ich zu meiner Mutter ins Bett.
Aber im Ganzen gesehen waren die Geschichten lustig. Durch sie bekam der vergangene Tag einen Sinn. Ich glaube, ihm bereitete es auch Freude, sich mit mir zu unterhalten.
Sie tun ihre Arbeit wohl nicht gerne. Sie zeigen immer das gleiche finstere Gesicht, als sei es das einzige, das Sie mitgebracht haben.
Möchten Sie, dass ich trotzdem von meinem Tag erzähle?
Nun, in der Früh stand ich auf, so wie ich es jeden Tag mache. Aber das müssten Sie eigentlich wissen. Was machen Sie eigentlich an den Tagen, an denen Sie mich nicht besuchen? Oder was macht der andere Herr, wenn er, wie heute, verhindert ist?
Macht er seine Besuche bei jemand anderem? Ich hatte immer geglaubt, wir gehörten zusammen. Aber da Sie immer kommen, wenn er verhindert ist, gehören wohl auch Sie zu mir.
In der Früh kam kein warmes Wasser aus der Leitung. Die zentrale Pumpe muss wohl ausgefallen sein, gelegentlich kommt so etwas vor. Ich bin nicht sicher, wie viel Sie von mir wissen. Beim anderen Herren hätte es genügt, den Umstand mit dem kalten Wasser zu erwähnen. Alles weiter hätte sich von selbst

ergeben. Tage, die mit kaltem Wasser beginnen, verlaufen immer sehr ähnlich. Erst durch seine Einwürfe kommen sie oft zu einem ganz unerwarteten Schluss.

Aber Ihnen sollte ich wohl erzählen, dass ich mich daraufhin nicht duschte und auch nicht rasierte. Wenn Sie genau hingesehen haben, sind Ihnen meine Bartstoppeln gewiss aufgefallen.

Ich hasse es, kalt zu duschen. Und auch das Rasieren ist mit kaltem Wasser unangenehm.

In meinem Beruf ist es auch nicht so wichtig, ob ich jeden Tag zurecht gemacht bin Ich kann meiner Arbeit auch mit zerworfenem Haar nachgehen.

Sie finden, ich hätte duschen sollen? Hätten Sie das getan, an meiner Stelle? Hätten Sie sich rasiert?

Nun, Sie sind jeden Tag perfekt gekleidet und rasiert. Warum sollte bei Ihnen jeden Tag heißes Wasser vorhanden sein. Aber verstehen Sie, mir ist das nicht so wichtig. Vielleicht werde ich morgen kalt duschen, wenn wieder kein warmes Wasser kommt.

Ihnen zuliebe.

Wenn ich ungewaschen zur Arbeit gehe, habe ich meistens ein eigenartiges Gefühl.

Aber niemand sah mich an, so wie Sie das jetzt tun. Ich glaube, niemand hat es bemerkt.

Ja, sehen Sie mich nur an, ich bin unrasiert!

Zu Mittag ging ich in die Kantine. Das Essen war nahezu ungenießbar: Der Reis war hart, das Fleisch zäh, die Soße fast kalt.

So aß ich nur so viel wie unbedingt nötig ist, um das Graben im Bauch zu vergessen, den Rest ließ ich stehen.

Sie sagen sicher, ich hätte aufessen müssen. Es wäre für meine Gesundheit besser. Es ist außerdem Verschwendung, ein ganzes Essen zu bezahlen und nur ein halbes einzunehmen. Es ist, wie meine Mutter immer sagte, eine Vergeudung von Gaben Gottes.

Viele Menschen wären froh, hätten sie das Mittagessen in unserer Kantine. Auch wenn die Soße kalt ist.

Aber wenn Sie ein Essen bezahlen, dann wollen Sie doch auch zufrieden sein.

Sie würden sicher dasitzen und das Zeug in sich hineinwürgen. Es zu Ihrer Pflicht dazuzählen.

Darf ich Ihnen etwas zu trinken geben?
Einen Cognac? Einen Martini?
Der andere Mann hat manchmal einen Martini mitgetrunken. Obwohl Sie jetzt nichts sagen, schenke ich Ihnen ein Glas ein.
Zum Wohl!

Gut, Sie möchten nicht anstoßen. Vielleicht dürfen Sie in Ihrer Arbeitszeit auch nichts trinken. Aber Sie hätten mir das vorher sagen können.

Auf dem Heimweg wurde ich dann von einem Bettler angesprochen Er begann mit: „Entschuldigen Sie, darf ich Sie etwas fragen?" Ich ließ ihn fragen, aber ich gab ihm nichts. Ich sagte: „Es tut mir leid." Es geht mir finanziell nicht so rosig, dass ich jedem, der mich „etwas fragen" möchte, meine Unterstützung gewähren kann.

Ich kann mir vorstellen, Sie hätten ihn einfach ignoriert. Schweigend mit finsterem Blick hätten Sie nach seiner Bitte gewartet, was als nächstes komme.

Und mir sagen Sie mit demselben Blick, dass ich ihm etwas hätte geben sollen.

Ich hätte das Mittagessen ganz aufessen sollen. Ich hätte dann sonst nichts gebraucht, mir dadurch Geld erspart und ihm so geholfen.

Sehen Sie, es wird schon hell, vielleicht kann ich es heute besser machen. Wenn ich den Tag jetzt betrachte, muss ich ihn zu den schlechten Tagen rechnen, nichts was ich getan habe, kann mir im Nachhinein Befriedigung verschaffen.

Als ich dann nach Hause kam, begann ich, auf Sie zu warten.

Sie können jetzt gehen.

Mauern

Er drückte die Blumen fest an sich
Es war unglaublich kalt, so fiel es ihm schwer mit seinen gefühllosen steifen Fingern den Strauß überhaupt festzuhalten.
Er wusste nicht genau, wo er die Blumen hinbringen sollte. Aber irgendwo in der Nähe musste es sein, die Richtung würde schon stimmen.
Es war neblig, und es wurde schon dunkel. Die Straßenlampen warfen ein gelbes Halo in die milchige Luft. Vielleicht suchte er schon zu lange. Niemand würde mehr sehnlichst auf ihn warten, in Tränen ausbrechen, wenn er vor der Türe stand, den Strauß hinter dem Rücken versteckt. Auch die Blumen würden schon nicht mehr darauf warten, im entscheidenden Augenblick hervorgezogen zu werden.
Bei dieser Kälte wäre sie gewiss ins Café gegangen, dort könnte er sie sicher treffen.
Unsicher, ob den Blumen der plötzliche Wärmeschock gut tun würde, bei sich selbst davon aber überzeugt, ging er hinein. Der kalte Nebel entließ ihn, die rauchige Wärme nahm ihn auf.
Er musste etwas bestellen um hierbleiben zu dürfen. Er wollte nichts, also bestellte er ein Glas Rum, das billigste auf der Karte. Das Mädchen sah in befremdet an.
Natürlich war sie nicht hier, natürlich trank er seinen Rum nicht, er ging auf die Toilette. Während er sich im kalten Wasser die steifgefrornen Finger wärmte, warf er einen Blick in den Spiegel. Er versuchte sich sein Aussehen, sein Gesicht einzuprägen, zu merken; vielleicht würde er es brauchen, würde sich irgendwo begegnen, könnte sich wiedererkennen.
Vielleicht.
Er packte seine Blumen, ging wieder hinaus in den Nebel um weiterzusuchen.
Wenn es doch nicht in der Nähe wäre?
Er balancierte an der Gehsteigkante, wie er es als kleines Kind gerne getan hatte.
Er war froh, dass es die Gehsteigkante gab, sie führte ihn sicher. Manchmal ging sie ein Stück nach unten, dann wieder nach oben, dazwischen war sie kaum spürbar flach um den Autos die Einfahrt zu erleichtern.
Realistisch betrachtet könnte er so nur um den einen Block laufen. Er würde sie hier nie finden, er würde erfrieren oder verhungern und die Blumen würden vertrocknen. Aber der Weg an der Gehsteigkante war so sicher.

Und während er so dahinging, und während er fror, hob sich die Gehsteigkante aus dem Boden empor. Er war froh darüber, gab sie ihm so, zu beiden Seiten abfallend, noch mehr Sicherheit.
Er balancierte, die Blumen in der einen Hand, die andere als Gegengewicht von sich gestreckt über die Mauer.
Sollte er überhaupt noch suchen, hier auf der Mauer würde er sie bestimmt nicht sehen. Und käme sie ihm entgegen, so müsste einer von beiden von der Mauer stürzen.
So waren seine Überlegungen, als sich die Mauer plötzlich gabelte; die eine Spur führte nach links unten, die andere nach rechts oben. Er entschied sich für die rechte Seite, weil er im Dunkeln lieber aufwärts ging als abwärts.
Nachdem er lange Zeit aufwärts gegangen war, war er endlich über dem Nebel. Die Mauer führte so eng an dem Palast vorbei, dass er die Blumen in eine der Vasen stecken konnte, die das Dach verzierten. Von Ferne sah er einen Mann auf einem Dach sitzen, mit dem Rücken zu ihm. Er erkannte aber nicht, was dieser Mann tat, so schritt er fröhlich weiter, froh, weil der den Nebel hinter sich gelassen, froh, weil seiner Aufgabe entledigt.
Ein Fußball mit roten Fünfecken und weißen Sechsecken rollte ihm entgegen. Er stieß ihn mit dem Fuß in die Stadt. Er war also nicht alleine auf der Mauer.
"Warum hast du unseren Ball hinuntergestoßen? Womit sollen wir jetzt spielen?", fragten ihn die Kinder.
"Entschuldigung, das habe ich nicht gewollt." Er hatte das wirklich nicht gewollt.
"Was sollen wir jetzt tun?"
"Gibt es keinen anderen Ball?"
"Nur, wenn er uns einen gibt."
"Er?"
"Ja. Wir bekommen alle vier Wochen einen neuen Ball. Wenn wir den alten vorher verlieren, müssen wir Seil springen."
"Seilspringen?"
"Ja, seilspringen."
"Und wenn jemand hinunterfällt?"
"Darum wollen wir nicht Seil springen."
"Es tut mir leid, das wollte ich nicht."
"Was sollen wir jetzt tun?"
"Wer gibt euch denn die Bälle?"
Schweigen.
"Wenn wir ihm die Sache erklären, gibt er euch vielleicht einen neuen."
Die Kinder drehten um und gingen: er verstand das als Aufforderung zum Nachgehen. Die Kinder gingen so schnell, dass er Mühe hatte ihnen zu folgen. Und weil die Mauer immer aufwärts ging, kam er ziemlich ins Schwitzen.

Die Mauer endete direkt vor einer Türe, die viermal so breit war, wie die Mauer selbst. Das erste Kind klopfte schüchtern, und dann traten alle drei Schritte zurück. Er erschrak so, dass er fast von der Mauer gefallen wäre. Die Tür ging nach außen auf, und ein seltsam gekleideter Mann stand dahinter.
"Ist wieder einmal einer durchgekommen. Wo haben Sie ihre Blumen lassen?"
"Ich dachte, ich bräuchte sie nicht mehr und steckte sie in eine Vase!"
"Was wollen Sie dann hier?"
"Ich habe diesen Kindern ihren Ball von der Mauer gestoßen. Jetzt möchte ich um einen neuen bitten."
"Wenn Sie keine Blumen haben, bekommen Sie auch keinen Ball. Den nächsten Ball gibt es Freitag in zwei Wochen. Bis dahin: Seilspringen."
Die Türe ging zu. Die Kinder blickten finster, und ein Mädchen mit langem blonden Zopf brachte irgendwie ein Springseil zum Vorschein.
Er drehte sich um und lief. Er wollte die Blumen holen. Er dachte immerzu an die Kinder und ging so wohl an dem Palast vorbei, jedenfalls kam er zurück zur Gabelung. Sollte er in die Tiefe gehen?
Obwohl kein Nebel mehr da und es jetzt hell war, war die Umgebung nicht wahrnehmbar. Er sah nicht, wohin ihn der linke Weg führen mochte. Er entschied sich doch wieder hinaufzugehen, nach den Blumen zu sehen um die Kinder zu retten. Aber er kam nicht am Palast vorbei. Er sah die Kinder Seil springen, sie machten das recht geschickt, sie wirkten fröhlich, auch wenn da und dort eines hinabfiel und schreiend im Nichts verschwand.
Als sie ihn sahen, schienen sie ihn nicht wieder zu erkennen.
"Kommen Sie, Sie werden schon erwartet!", sagte das Mädchen mit dem blonden Zopf.
"Wie soll ich denn vorbeikommen?"
Die Kinder unterbrachen ihr Spiel, hielten sich ein jeder am Seil fest.
"Gehen Sie ganz vorsichtig um jeden einzelnen herum. Halten Sie sich immer am Seil!"
Er tat, was sie ihm gesagt hatten
Als er so an zwei von ihnen vorbeigegangen war, kam er zum Mädchen mit dem blonden Zopf. Sie stieß ihn von der Mauer, so dass er nur mehr mit den Händen am Seil hing.
"Das ist für Regina!", schrie das Mädchen und zog ruckartig am Seil, sodass er gegen die Mauer schlug.
"Das ist für Christine. Das ist für Claudia. Das ist für Fritz. Das ist für Florian."

Er hatte sich wahrscheinlich einen Finger gebrochen und konnte sich nur mehr mit einer Hand festhalten. Hoffentlich hatte er nicht mehr Kinder umgebracht, er würde das sonst nicht überleben.
"Es tut mir leid.", wollte er schreien, ihm fehlte aber die Kraft. Offensichtlich waren nicht mehr Kinder hinabgestürzt, denn jetzt zogen sie ihn wieder nach oben und halfen ihm beim Weitergehen.
Als er endlich vor der Tür stand, waren sie schon wieder am Seilspringen.
Er legte sich die Worte zurecht. "Ich konnte die Blumen nicht mehr finden, jemand muss sie gestohlen... Sie waren schon verwelkt..."
Er klopfte und wich zwei Schritte zurück. Der Mann stand wieder in der Türe.
"Kommen sie herein, Sie werden schon erwartet."
"Ich - die Blumen..."
"Pssst."
"Aber ich..."
"Sie sollen still sein!"
Sie traten auf einen langen Gang. Er führte ihn zu einer Türe.
"Das ist Ihr Zimmer, machen Sie sich's gemütlich."
"Aber."
"Sie sollen still sein."
Die Türe ging zu.
Das Zimmer hatte Alabasterscheiben, durch die zwar wenig Licht in den Raum drang, aber hindurchsehen konnte man nicht.
Er erkannte ein fertig gemachtes Bett, eine Kommode mit unzähligen Schubladen und ein leeres Regal. Zwei Sessel und ein Tisch standen auch im Zimmer.
Er öffnete die erste Schublade der Kommode. Darin fand er fünf gläserne Briefbeschwerer. Der eine war aus Bleikristall, das in allen Farben schillerte. Drei waren mit eingelassenen Blumen, er wusste nicht, wie sie hergestellt worden waren. Der fünfte war schlicht und schimmerte grünlich. Er legte sie zurück und schloss die Schublade. Alle anderen Schubladen, die er probierte, klemmten. Auch die erste klemmte, als er sie von neuem ausprobierte.
Verzweifelt rüttelte er an den Schubfächern, zog an den Griffen, suchte nach Schließmechanismen, aber keine Schublade ließ sich mehr öffnen.
Erschöpft zog er sich aus und ging zu Bett.
Er träumte unruhig vor sich hin, wachte immer wieder auf, wusste nicht, wer oder wo er war, und schließlich klopfte es an die Tür.

Draußen war niemand. Seine Kleider waren verschwunden, neue lagen stattdessen auf dem Sessel. Sie sahen denen ähnlich, die der Mann getragen hatte.
Er probierte wieder die Schubladen zu öffnen.
Diesmal ließ sich die zweite öffnen, aber nur diese. Verärgert stieß er sie wieder zu, ohne hinein zu sehen. Natürlich ließ sie sich kein zweites Mal herausziehen, und er fragte sich, was darin gewesen sei.
Er probierte, ob seine Zimmertüre sich öffnen ließe und trat auf den Gang. Der Gang war mit hunderten Blumensträußen geschmückt, die alle so aussahen, wie der, den er gestern in die Vase gesteckt hatte.
Er ging ein paar Schritte um die Sträuße zu sehen. War eines davon der seinige gewesen?
Er hörte die Türe zufallen. Welches war nun seine Tür, hier wo alles gleich aussah?
Er ging zum Ende des Gangs, durch das er ihn gestern betreten hatte. Er öffnete die Tür und hörte einen Schrei. Er hatte eines der Kinder von der Mauer gestoßen.
Weinend sah er ihnen beim Seilspringen zu.
Er konnte sich nicht erinnern, wie viele Kinder ursprünglich dagewesen waren. Jetzt waren es nur noch drei, das Mädchen mit dem Zopf, ein anderes Mädchen mit rötlichem Pagenkopf und ein Bub, hochaufgeschossen mit braunem dunklen Haar und einem Augenlid, das lahmte. Würde noch einer hinunterfallen, könnten sie nicht mehr seilspringen. Erst dann wären sie in Sicherheit. Er schämte sich, dass er ihnen das angetan hatte. Warum war er nur hier heraufgekommen. Aber hatten sie sich nicht an ihm gerächt, hatte er nicht noch den gebrochenen Finger, an den er nun mit schmerzgeschwellter Hand zurückdachte? Er schlug die Türe zu und stand wieder am Gang. Beim besten Willen konnte er sich nicht zurückerinnern, welches sein Zimmer gewesen. Die erste Türe war die Toilette. Er war froh, sie endlich gefunden zu haben, seit dem Café mit dem Rum war er nicht mehr gewesen. Er hielt seine Hand unter das Kalte Wasser um den Schmerz zu vertreiben und im Spiegel sah er den Mann, der ihn gestern nach den Blumen gefragt hatte. Wo war nur er selbst geblieben? Oder gab es ihn in hundertfacher Ausführung, so wie die Blumen, die sogar die Toilette verzierten?
Hinter der zweiten Türe war die Schlosserwerkstätte.
"Hallo. Ich habe dich schon erwartet."
"so?"
"Ja, du bist doch der neue Lehrling."
"Ich..."
"Wie heißt du?"

Das hatte ihn schon lang keiner mehr gefragt. "Walter.", antwortete er.
"Also gut, Walter." Der Schlosser begann ihm die Werkzeuge und Geräte mit Namen an den Kopf zu werfen, er behielt nichts, arbeiten konnte er mit seinem Finger auch nicht, so sah auch der Schlosser ein, dass er hier sinnlos sei.
"Nimm die Gießkanne und gieß Wasser in die Vasen."
"!"
"Du hast die Blumen selbst heraufgeschleppt, willst du sie vertrocknen lassen?"
"Ich habe einen einzigen Strauß mitgebracht, und den habe ich unterwegs in eine Vase gesteckt!"
Der Schlosser grinste. "Ich weiß. Aber ein Tipp: Wir behalten das besser für uns. Ja?" Damit drückte er ihm die Kanne in die Hand. "Wasser gibt's am Klo."
Die Tür schlug hinter ihm zu, er stand wieder am Gang und wunderte sich über den plötzlich veränderten Lauf seines Lebens. Wie viele Kinder wären noch draußen? Drei, zwei, eines? Er wagte nicht hinauszuschauen um nicht wieder eines der Kinder hinunterzustoßen.
Also ging er in die andere Richtung weiter. Offensichtlich konnte er sich hier frei bewegen, also wollte er wissen, wohin der Gang führte.
Da klopfte es von außen an die Türe.
Erstarrt blieb er stehen, wartete darauf, dass der Mann käme, so wie der er jetzt aussah.
Aber nichts geschah, bis es lauter, vernehmlicher abermals an die Tür klopfte.
Er machte sie auf. Alle drei Kinder standen noch draußen.
"Wir wollen jetzt unseren Ball!"
"Aber ich bin..." Es war unmöglich, Sie konnten den Unterschied nicht sehen. "Den bekommt ihr erst Freitag in..."
"Heute ist Freitag.", sagten die Kinder.
Er zog die Türe wieder zu, was bleib ihm, als sich nach einem Ball umzusehen. Er probierte die Türen durch, die, die er für die Klotüre gehalten hatte, war versperrt. Die, hinter der die Werkstatt sein sollte, war versperrt. Die nächsten drei Türen waren versperrt.
Endlich ging eine Türe auf.
"Klopfen Sie, bevor sie hereinkommen!"
"Entschuldigen Sie. Ich..."
"Ich sagte: KLOPFEN SIE, BEVOR SIE HEREINKOMMEN."
"Aber ich"
"Werden Sie jetzt endlich hinausgehen! Und **KLOPFEN SIE**, bevor Sie das nächste Mal hereinkommen."
So trat er wieder hinaus auf den Gang.

Der Man am Schreibtisch, war er der Mann, der genauso aussah wie er, oder war er einer der vielen Männer, die genauso aussahen wie er?
Er klopfte an die Türe. Nichts geschah.
Er probierte vorsichtig einzutreten, aber die Türe war versperrt. Seltsam. Er hatte kein Geräusch gehört. Wieder versuchte er, den Gang in die andere Richtung zu gehen.
Der seltsam gekleidete Mann kam ihm entgegen.
"Worauf warten Sie! Bringen Sie den Kindern ihren Ball!"
"Ich?"
"Ja, Sie."
"Und woher soll ich den Ball haben?"
"Aus der Schublade!"
"Aus welcher Schublade?"
"Die Lade in ihrem Zimmer. Die einzige, die sich heute öffnen ließ."
"Aber ich..." Selbst wenn er den Ball gesehen hätte, er hätte nicht gewusst, ihn zu den Kindern bringen zu müssen.
"Wollen Sie uns ausrotten? Sie bringen alle unsere Kinder um. Ich hoffe, Sie finden morgen einen Strick in ihrer Lade, mit dem Sie sich aufhängen können!"
"Aber warum holen wir die Kinder nicht herein?"
"Sind Sie wahnsinnig? Sie bringen sie ja um!"
"Warum? Ich..."
"Haben Sie nicht die Schule besucht? Kinder brauchen Frischluft, Sonne, Spiel! Wenn sie in einer Kammer wohnen und jeden Tag nur eine Schublade öffnen können, kommen sie um!"
Das klang plausibel.
"Nun wird es jahrelang dauern, bis wir wieder so viele Kinder haben"
Er sah das alles ein, aber was hätte er tun sollen.
"Können wir nicht den Schlosser fragen, ob er die Lade öffnen kann?"
Der Mann packte ihn am Kragen, drücke ihm einen Blumenstrauß in die Hand und beförderte ihn zur Türe hinaus.
"Raus!", schrie er.
Dabei fegte er die beiden Mädchen von der Mauer. Nur der Bub mit dem lahmen Lid war noch da.
"Es tut mir leid.", sagte Walter.
"Es wird schon nicht so schlimm sein da unten.", sagte der Bub, und er sprang.
Er ging die Mauer betrübt wieder abwärts.
Bevor er in den Nebel eintauchte hörte er eine leise Melodie. Wie es ihm schien, war es eine Flöte, die spielte, aber als ihn der Nebel aufnahm, vernahm er nichts mehr.
Er kam wieder an dem Café vorbei.

Er ging hinein und alles lachte.
Sie umarmte ihn.
"Lieb, dass du mir Blumen bringst. Aber warum kommst du im Schlafrock?"
Er sah an sich hinunter. Immer noch trug er die seltsamen Kleider.
"Ich habe mir den Finger gebrochen.", sagte er.
So fuhren sie ins Spital und dort verpassten sie ihm einen Gipsverband.
"Die Treppe hinuntergefallen.", gab er zu Protokoll.

Metamorphose

Es war sehr überraschend für ihn gekommen.
Das Gesicht war starr und blass und wirkte gänzlich unbekannt.
Nein, er hatte diese Person noch nie gesehen.
Er erkannte plötzlich, dass er nicht mehr notwendig war. Seine Mutter war längst fort, er konnte beruhigt gehen.
Er hätte beruhigt gehen können. Aber irgendetwas hielt ihn fest. Es war nicht das leere bleiche Gesicht. Er stand da und merkte, wie es ihn fror. Es war doch nichts gewesen. Das Gesicht versicherte ihm, dass er gehen konnte.
Er ging.
Der Arzt schlug das weiße Tuch wieder zurück und schloss hinter ihm die Türe.
Der junge Mann bemerkte nicht, was nun folgte, aber alle verhielten sich sehr rücksichtsvoll.
Der junge Mann ging nach Hause.
Er schloss die Türe seiner Wohnung auf, und er dachte, es sei jetzt seine Wohnung. Er weinte nicht. Er konnte, wollte nicht weinen. Er hatte ihr Gesicht gesehen und wusste, sie war in Sicherheit.
Er fand, dass es Zeit war, etwas zu essen. Er überlegte, wie er sich nun etwas zum Essen richten könnte.
Endlich trugen ihn seine Füße und seine Beine in die Küche. Er nahm zwei Eier aus dem Kühlschrank und brachte es fertig, sie in einem Topf auf den Herd zu stellen.
Unendlich lange Zeit stand er vor dem Herd und starrte in den Topf. Da das Wasser nicht kochen wollte, schaltete er den Herd ein. Er sah zu, wie im kochenden Wasser das eine Ei platzte. Eiklar zwängte sich aus dem Spalt und bildete weiße Fäden im Wasser.
Nach einiger Zeit drang nichts mehr aus dem Ei.
Die zehn Minuten mussten wohl um sein, er hatte nicht auf die Uhr gesehen. Er nahm den Topf von der Platte und hielt ihn unter kaltes Wasser. Er schlug die Eier in der Abwasch auf und wunderte sich, warum das eine Ei nicht leerer war als das andere.
Er dachte daran, sich einen Teller und ein Messer zu holen. Er viertelte die Eier, ordnete sie auf dem Teller und legte das Messer zu den Eierschalen in das Becken.
Er setzte sich zu Tisch.
Er sprach sein Tischgebet.
Bei den Worten "segne, was du uns bescheret hast" hielt er inne. Er wiederholte: "Segne, was du mir bescheret hast", war aber immer noch nicht zufrieden. "Segne, was du uns bescheret hast", fing er von neuem an.

Zum Schluss stellte er den Teller mit den Eiern in den Kühlschrank, weil er keinen Hunger hatte. Er legte sich noch angezogen auf das Bett, um nachzudenken.

Als er erwachte, fühlte er sich steif und kalt. Er wollte einen normalen Tag verbringen, alles tun, was nötig war.
Er streifte sich die übelriechenden Kleider vom Leibe und duschte sich. Er hatte am Abend vergessen, den Boiler zu füllen, so kam nur kaltes Wasser. Er trocknete sich mit dem Handtuch ab und füllte gleich den Boiler.
Sonst hatte er immer warten müssen, bis sich der Dampf verzogen hatte, aber an diesem Tag gab es keinen Dampf: Der Spiegel war trocken und sauber.
Er rasierte sein junges, hübsches Gesicht und fand, dass es nicht anders aussehe als sonst.
Er ging in die Küche, um sich einen Tee aufzustellen.
Die rotglühende Herdplatte leuchtete ihm entgegen, er hatte sie nicht abgestellt. Den Topf konnte er nicht verwenden, da noch die weißen Fäden darinnen schwammen und er konnte ihn nicht waschen, weil die Eierschalen im Waschbecken lagen.
Er setzte sich unbekleidet auf einen Sessel und fror.
Er konnte sehen, wie sich an seinen Beinen, an seinen Armen und an seiner Brust kleine Knötchen bildeten, aus denen jeweils ein Haar stand. Ganz aufrecht.
Er stand auf, riss sich zusammen. Er nahm mit spitzen Fingern die Eierschalen aus dem Waschbecken und warf sie fort. Er ließ Wasser in das Becken, um den Topf zu waschen, aber das Wasser war kalt. Ihm fiel ein, dass er den Topf nicht auf die immer noch glühende Platte stellen konnte, da er schmutzig war.
Wieder setzte er sich auf den Stuhl. Ihn fror immer mehr, er hatte kalt geduscht und war nackt. Mit diesen Schwierigkeiten hatte er nicht gerechnet.
Er stand auf, riss sich zusammen. Er ging zum Schrank, brachte einen anderen Topf zum Vorschein und stellte Wasser auf. Als er vor dem Herd stand, begann es, ihn zu schütteln vor Kälte.
Endlich kochte das Wasser. Er leerte es in die Abwasch und wusch das Messer und die beiden Töpfe. Den einen stellte er in den Schrank, den anderen auf die warme Platte. Er brachte es fertig, sich Kamillentee zu kochen. Er setzte sich auf den Stuhl und begann zu trinken.
Beim ersten Schluck erschauderte er, und die kleinen Knötchen traten stärker aus seiner Haut hervor. Schließlich legten sich die Härchen wieder an seine braunen Schenkel an, und er ging sich anziehen.

Nachdem er eine Socke angezogen hatte, drängte es ihn in die Küche. Er wollte sich vergewissern, ob er die Platte abgeschaltet habe.
Mit beiden Socken ging er dann ins Bad, um Wasser in den Boiler zu lassen.
Als er sein Hemd bereits trug, ging er zum Kühlschrank und betrachtete die Eier, die ihn anwiderten.
Endlich fertig ging er ins Spital, um die Sachen seiner Mutter zu holen.
In der Schule würde man ihn nicht vermissen, jeder wusste, dass seine Mutter im Spital lag. Aber nur er wusste, dass sie dort mit leerem Gesicht in einem Kühlraum schlummerte.

Er ging in das Zimmer und fand das Bett schon wieder besetzt. Das Mädchen hatte fettes zerknittertes Haar, nur ein Bein, das blau dalag, mit vielen Stichen und Klammern aussah, wie ein Reißverschluss, und Schläuche, die unter dem Tuch, das sie bedeckte, zu verschiedenen Flaschen führten.
Das Namensschild sagte: "Rosalinde Wucherer".
Das Mädchen schlug die Augen auf und sagte: "Thomas!"
Es war nicht sein Name.
Seinem Mund entfloh ein "Hallo Rosalinde!", das für ihn sehr überraschend kam, für Rosalinde aber gar nicht.
"Ich bin so froh, dass du da bist. Ich kann dich nicht sehen! Gibst du mir die Hand, Thomas?"
Er hätte dem Mädchen nie so viel Kraft zugetraut. Er hob das Tuch, um ihr die Hand zu geben, aber das Mädchen hatte keine Arme. Der Anblick machte ihn erstarren, er fühlte, dass er eine Kältewelle um sich verbreitete.
"Gib mir doch die Hand! Bist du noch da?"
Er legte seine linke Hand in ihr Gesicht. Rosalinde zuckte. "Du bist also wirklich da. Und mir hat man gesagt, du bist tot. Sag irgendwas!"
Er wusste nicht, was er sagen sollte.
"Erzähl mir ein Märchen!"
Er vermochte nicht zu sprechen, er war zu erschüttert.
"Es war einmal ein Winterling. Schon bevor es wirklich warm geworden war, steckte er seine Spitzen durch den Schnee. Sie erreichten nach ein paar Tagen das Licht und färbten sich grün. Sie betrieben Photosynthese und brachten der Zwiebel Zucker. Die Wurzeln schöpften Saft aus der gefrornen Erde, es war wie ein Wunder.
Mit dem Saft und dem Zucker schaffte er sich eine winzige Blüte. Da das Wetter immer schön war, ging die Blüte auf. Der Winterling ließ die Ränder der Blütenblätter schneller wachsen

als die Innenseite, dadurch öffnete er die Blüte am Tag. In der Nacht wuchs die Innenseite schneller, so konnte er die Blüte verschließen.
Am nächsten Tag war die Blüte schon größer. Die ersten Bienen kamen, um sie zu bewundern.
Der Winterling öffnete und schloss seine Blüte zehn Tage lang. Sie wurde immer größer, schöner und gelber. Am zehnten Tag, als die Blüte am schönsten war, starb sie."
Er war erstaunt, woher er diese Geschichte hatte und wunderte sich, dass sie mit dem Tod endete. Rosalinde war inzwischen gestorben, auch in ihr Gesicht trat der leere Ausdruck. Er läutete nach der Schwester.
Er nahm die Sachen seiner Mutter mit und dachte an den Winterling, der sterben musste, als er am schönsten war.
Auf dem Heimweg drängte es ihn in eine Gärtnerei. Er kaufte eine Zimmerlinde und nahm sie mit nach Hause.
Er saß stundenlang vor der Linde und dachte an das Mädchen und den Winterling.

Da kam es ihm vor, als ob die Linde immer größer wurde.
Zuvor war es nur ein Pflänzchen gewesen, nun aber reichte es schon an die Decke.
Er ging in das Badezimmer um endlich warm zu duschen. Als er sich ausgezogen hatte, bemerkte er, dass seine Haut grau und faltig war und seine Haare weiß.
Tropfend nass ging er in das Zimmer, in dem die Linde stand, und fand, dass sie rosa Blüten trug. "Rosa-Linde" fuhr es ihm durch den Kopf.
Seine Zehen wurden immer länger und bohrten sich in die weiche Erde.
Er betrachtete seine Haut, die immer grauer und rissiger wurde. Schon konnte er nicht mehr von der Stelle gehen, so tief staken seine Zehen im Boden.
Als er endlich begriffen hatte, breitete er seine Arme aus und bewunderte seine jungen grünen Blätter.

Michael

1

Ein modriger Geruch von feuchter Erde stieg ihm in die Nase. Ein Mond war den Himmel hinaufgestiegen, warf sein mattes Licht zwischen den Blättern durch. Den Boden konnte er nicht ausnehmen, er war ohnehin schwarz. Aber er kannte den Weg. Er kannte jede Baumwurzel, jeden Stein, jedes Sumpfloch, das in seinen Weg treten könnte. Nein, er brauchte den Mond nicht.
Aber die Schatten konnte er sehen. Die Schatten, die die Blätter in das vorbeiziehende Gesicht warfen, Es wirkte gespenstisch in der Eile, mit der es dahinwanderte; so gespenstisch, wie seines aussehen würde. Vielleicht wäre ihm wohler, wenn der Mond heute nicht auf den Himmel gestiegen wäre, wenn es ihn überhaupt nicht mehr gäbe. Er bedurfte nicht der Schatten in Michaels unnatürlich weißem Gesicht. Er hörte ihn atmen und er atmete schwer. Er kannte sich nicht so gut aus, der Marsch mochte anstrengend für ihn sein. Er roch ihn. Michael hatte einen charakteristischen Geruch, der sich deutlich vom Erdgeruch abhob. Und er spürte die Wärme, die Michael verströmte. Sie war so deutlich spürbar, dass er immer wusste, wenn ein Baum zwischen sie trat, oder auch wenn er ein paar Schritte voraus oder hinten war. Michaels Präsenz war offenkundig. Auch ohne Mond.

2

Auf Evas Geburtstagsfeier hatten sie getanzt; einen Walzer mit Martha, eine Rumba mit Beate, achja, einen Foxtrott mit Eva, natürlich. Der Duft der Mädchen vermengt mit dem der Steaks auf dem Grill, Tanzen mit Kartoffelsalat, einen Tango mit einem Stück Rindfleisch. Ausgelassen hatten sie geplaudert, ich ihre roten, grünen und blauen Gesichter gegrinst, je nach Laune der Lichtorgel. Geburtstag hat man nur einmal im Jahr, und wie gut war es, dass Evas Geburtstag mitten im August, ihre Eltern hatten das sehr gut geplant, waren wohl vor dem Novembernebel geflohen.
"Was hast du im Sommer gemacht bis jetzt, gearbeitet?"
"Wo warst du auf Urlaub, Spanien, Nordpol oder am Mond?"
"Fährst du noch weg, oder musst du noch lernen?"
"Haben wir nicht Glück mit dem Wetter?"
So viele Fragen und niemand, der die Antwort wissen will.
Die Steaks werden weniger, die Mädchen nehmen deren Geruch an, und sie liegen wie vorhin diese faul herum, wartend, bis sie angebraten würden; kein Mensch tanzt mehr, die Musik wird langsam. "Being good isn't always easy, no matter, how hard I try.", meinte die Stereoanlage, die doch *high-fidelity* sein sollte. Die Getränke gewinnen an Gehalt, aus *Cola* wird *Cola-Rum*, aus

Tonic wird *Gin-Tonic* und aus *Soda* wird *Whiskey-Soda*. Die Menschen aber nicht - Aus *Thomas* wird *Tommylein*, aus *Eva* wird *Süße* und Martha wird sauer.

3

"Ich möchte mich nur ein wenig abkühlen.", sagte er zu Michael, den er zufällig im Wald getroffen. "Ich möchte nur für immer verschwinden.", sagte Michael zu ihm. "Ich sage", sagte er, Michael sagte: "Sag nichts, ich sage nichts."
Schweigend hasteten sie nun in die Richtung, in die der Lärm der Party abklang, das war ganz einfach, hatte man sie einmal gefunden, konnte man sie nicht wieder verlieren. "Wie viel Zeit bleibt uns noch?", aber keiner brach die Vereinbarung, keiner sagte: "Ein Leben lang.", und keiner wusste, wie lang das sein würde.
Der Geruch nahm zu, die Erde roch, als hätte er sich darauf gebettet. Er bückte sich, griff danach und brach den Stiel. "Magst du Pilze?", brach er endlich das Schweigen. "Als Kind hatte ich Angst vor Pilzen", meine Michael, "ich fürchtete mich vor dem Geruch und den weißen Punkten."
"Dieser hier hat keine weißen Punkte. Ich meine, als du mit Eva getanzt hast, hast du dich vor dem Pilz gefürchtet? Hast du dich vor ihrem Geruch gefürchtet, den weißen Punkten auf ihrem Kleid?" "Alice hat einen Pilz, wenn sie auf der einen Seite abbeißt, wird sie klein. Wenn sie auf der anderen Seite abbeißt, wird sie wieder groß."
"Wenn du auf der einen Seite abbeißt, wirst du tot, wenn du auf der anderen Seite abbeißt, unsterblich. Aber der Pilz ist rund, man kann die Seiten nicht unterscheiden."
"Ich glaube, ich habe immer noch Angst vor Pilzen."

4

Es war einmal ein Mond. Der Mond hatte drei Söhne. Der eine hieß Michael. Der zweite hieß Michael. Der dritte hieß Michael. Sie waren fast genau gleich alt. Der Mond hatte alle drei in den Wald geschickt, dass sie sich finden konnten.
Aber einer von ihnen irrte noch allein durch den Wald. Der Mond gab sich große Mühe, die drei irgendwie zusammen zu führen. Waren sie doch alle in die Richtung gegangen, in die der Lärm abnahm!
Aber die beiden Michaels wussten nichts von ihrem Bruder, und das war gut so, denn im Wald trifft man am besten, wen man nicht sucht.
Und als sie den Pilz fortwarfen, war der Mond immer noch an seinem Platz.
"Ich werde eine Familie haben, du wirst immer allein sein."

"Ich werde Erfolg haben, du musst dich immer um die Kinder kümmern."
"Mich werden sie lieben, dich werden sie hassen."
"Ich werde sterben, du wirst leiden."
"Wer vorausgeht, fällt zuerst hinunter, vielleicht ist die Erde doch eine Scheibe!"
"Wer zur rechten Zeit kommt, kann den Sonnenwagen entführen!"
"Er wird aber sterben."
"Und die Menschheit mit ihm."

5

Der Weg wurde schwieriger, also nahm er Michael bei der Hand.
"Magst du Eva?", wollte er wissen. Er spürte, dass Michael nicht antworten würde.
"Ich meine, wenn sie hier im Sumpf stecken würde."
"Ich brächte ihr den Pilz. Es würde ihr helfen, oder das Leiden verkürzen."
"Ich würde sie herausziehen und einen Foxtrott mit ihr tanzen."
"Sie würde dich hineinziehen und schmatzend mit dir im Loch versinken."
"Was glaubst du, kommt unter dem Sumpf?"
"Wenn die Erde eine Scheibe ist, steckt der Oberkörper im Morast und die Beine baumeln im Freien."
"Glaubst du, man könnte sich auf die andere Seite durchziehen?"
"Vielleicht."
"Dort wäre dann Tag. Und im Sonnenschein könnten wir unseren Foxtrott tanzen."
"Warum bist du nicht auf der Party geblieben?"
"Ich wollte mich ein wenig abkühlen."
"Dann werde ich dich jetzt zurückschicken. Wenn du mich weiterhin auf diesen Berg ziehst, wird dir nie kühl."
"Du wolltest für immer fort?"
"Ja."

6

Er schwieg, während er Michael auf den Berg zog. Michael würde wirklich im Sumpf stecken bleiben, denn er kannte den Weg nicht. Und wer weiß, ob die Erde wirklich eine Scheibe war. Als die Bäume zur Seite wichen, sagte Michael: "Schau, der Mond ist direkt auf dem Berg, auf den wir steigen." Aber er sagte immer noch nichts. Für ihn war der Berg ein Beweis, dass die Erde nicht flach war. Und der Mond war 385tausend Kilometer weit entfernt, irgendwo im nahen Weltall.
"Wovor läufst du davon?", frage er schließlich.
"Du läufst, und mich ziehst du nach."

Er ließ die Hand los und Michael lief weiter.
Hier gab es keinen Sumpf mehr, er setzte sich auf den Boden. Die Wärme ließ rasch nach, auch das Schnaufen verlor sich bald. Aber Michaels Geruch lag noch lange in der Luft. Vielleicht jahrelang, denn immer, wenn er auf den Berg stieg, sollte er sich wieder an die Nacht erinnern, in der es dem Mond nicht gelungen war, die drei zusammen zu führen.

Nachts

Mit einem Mal war er hellwach.
Er wusste nicht, was ihn geweckt hatte. Er wusste nicht, wie spät es war. Er wusste auch nicht, wo er war. Im Schlafsaal des Internats? Zuhause in seinem eigenen Zimmer? Im Ferienhaus? In einem Hotel? Im Doppelzimmer im Studentenheim (damit schied der Schlafsaal aus)?
Es machte keinen Unterschied. Zum Kopfende seines Bettes würden seine Kleider in einem unordentlichen Haufen am Boden liegen. In den Taschen seiner Jeans ein Überlebensmesser, ein Sparbuch, sein Reisepass, Taschentücher und Traubenzucker. Und obenauf sein Kompass zum Umhängen.
Er hatte immer gedacht: Würde er entführt und irgendwo ausgesetzt, käme er so sicher durch. Natürlich war es nie geschehen. Aber die Utensilien gehörten irgendwie zu seiner Person. Er zeigte sich auch nie ohne einen umgehängten Pullover und ohne die zu einer Umschnalltasche faltbare Regenjacke, in der die Streichhölzer untergebracht waren. Er würde nicht erfrieren.
Obwohl er immer noch nicht sicher wusste, wo er war, begann er, sich anzuziehen. Er holte keine frischen Kleider. Er hatte ohnehin in der Boxershort geschlafen, streifte sich das weiße T-Shirt über, hängte den Kompass um und schlüpfte in seine Jeans. Er zog die dicken weißen Tennissocken an und verschnürte endlich seine hohen Turnschuhe mit Profilsohle. Zum Schluss den Pullover und die Regenjacke.
Er überlegte, wo die Türe sein mochte.
Hier half der Kompass nicht. Er hatte zwar Leuchtziffern, aber er war selbst nicht sicher, in welcher Himmelsrichtung er suchen müsste. Im Internat (obwohl er dort jetzt nicht war) hatte er stets das dritte Bett in der zweiten Reihe gehabt. Er müsste zunächst geradeaus gehen, dann links, die Türe wäre dann auf der rechten Seite. Zuhause ginge er geradewegs auf die Türe zu, wenn er die entgegengesetzte Richtung eingeschlagen hätte. Im Ferienhaus war das Zimmer winzig und eng; er könnte sich den einzig möglichen Weg an der Wand ertasten. In einem Hotel wäre der Weg jedes Mal anders.
Er hoffte, nicht in einem Hotel zu sein.
Er hörte seinen Zimmerkollegen schnarchen. Also war er im Studentenheim. Er hatte das Bett am Fenster. In einer romantischen Anwandlung öffnete er den einen Fensterflügel, schloss ihn wieder, damit das Hochziehen des Rollos weniger Lärm verursachte, öffnete ihn neuerlich und sprang durch das Fenster auf die Straße.

Für einen Augenblick spürte er einen stechenden Schmerz in Fersen, Knien und Rücken. Dann war er in Freiheit.

Unglückseligerweise war er groß und kräftig, sodass ihn nie jemand entführen und irgendwo aussetzen würde. So hatte er nie die Gelegenheit gehabt, seinen Überlebensinstinkt unter Beweis zu stellen und alle Notfallutensilien, die er durch aufmerksame Lektüre von Enid Blyton vor etwa zehn Jahren zusammengestellt hatte, wirkten eher lächerlich. Aber eines Tages würde er sie schon brauchen; wer weiß, vielleicht käme ein Krieg.
Die Stadt hatte in der Nacht ein anderes Gesicht als tagsüber. Aus den Hauseingängen, an denen er vorbeiging flüsterte es „zweihundert" oder ähnlich eindeutiges. Er fragte sich, ob blonde Lockenperücken wohl irgendjemanden ansprechen mochten. Aber es gab auch sehr schöne Mädchen, eigentlich ein trauriger Anblick, für was sie sich hergaben.
Aber er konnte ihnen auch nicht zurufen, sie sollten doch mehr verlangen, als ihre hässlichen Konkurrentinnen. Vielleicht würde er sich eines Tages eine Prostituierte nehmen. Als Mann war er davor nicht sicher.
Aber auch Burschen boten sich feil. „Fünfzig." lautete der erstaunlich niedrige Preis. Offensichtlich waren Frauen doch nicht in allen Berufen unterbezahlt. Der junge Mann war jünger als er selber. Auch er trug blaue Jeans, weißes T-Shirt und hohe Turnschuhe. Und Bei seinem Beruf würde sicher auch er ein Taschenmesser mit sich führen. Ein anderer junger Mann ging ihm nach, eine Schubert-Melodie pfeifend. Vielleicht wirkten seine Muskeln anziehend.
Er musste jedenfalls in Richtung Innenstadt gehen, um seine Ruhe zu haben. Dort wären die Prostituierten teurer und würden keine nicht offensichtlich wohlhabenden Männer ansprechen.
Aber eigentlich fühlte er sich in den Außenbezirken, entlang der Durchzugsstraßen wohler. Er liebte die dunklen Hochhäuser mit nur vereinzelt aufleuchtenden Fenstern, er liebte den eigentlich auch in der Nacht noch recht regen Verkehr, das Treiben. Er liebte die Leuchtstoffröhren und Natriumdampflampen. Vielleicht liebte er auch die Prostituierten, die sich allerorts bereit zeigten.
Er liebte die winzigen Bars, wie die, in die er eben ging. Sie würde erst um sechs Uhr früh schließen.

Alle starrten ihn an. Ein Schwarzer mit Sonnenbrille, der allein an einem Tisch saß, nickte langsam. Ein Mann im Seidenhemd, groß gemusterter Krawatte, mehreren goldenen Ketten und einem blauen Sakko, mit goldener Rolex und Armbändern am anderen Handgelenk saß an einem Tisch mit mehreren Prostituierten und fixierte ihn mit einem erwürgenden Blick. An der Bar waren drei

Personen mit langen glatten Haaren: Eine Frau mit viel zu kleinem Kopf, dick aufgetragener Schminke, die rauchend vor einem Bierglas saß; ein Mann mit Vollbart, der kaum noch im Stande schien, ihn überhaupt anzusehen. Und ein Mann mit Schnurrbart, der einladend winkte und einen halbgeleerten Weißweinkrug vor sich stehen hatte. Ein halbvolles Bierglas gehörte offensichtlich zu dem Mann, der sein Geld an den einarmigen Banditen verfütterte.

Er wollte sich nicht zu dem Schnäuzigen an die Bar setzen. Würde der Afrikaner ihn für einen Konkurrenten halten, wenn er sich an den einen freien Tisch setzte? Er ging das Wagnis ein; indem er das Lokal durchschritt orderte er ein Glas Bier und wollte sehen, was als nächstes passieren mochte.

De Frau, die das Bier servierte, unterschied sich nur im Alter von den Mädchen am Tisch mit dem Mann im blauen Sakko. In irgendeiner Weise hatte das schäbige lokal Charakter, es gefiel ihm, auch wenn er nicht dazupasste.

Als der Junge, der um fünfzig Euro zu haben war, das Lokal betrat, wusste er nicht, ob er mit den anderen mitstarren sollte, um nicht aufzufallen. Er stand lange Zeit in der Türe und ließ sich anstarren. Er ging nicht zum freundlich winkenden Schnäuzigen, auch nicht zum Schwarzen mit der Sonnenbrille, und natürlich nicht zum Mann im blauen Sakko. Er stand einige Zeit unschlüssig an der Bar, orderte ein Soda-Zitron und setzte sich schließlich mit einem „Ist hier noch frei" zu ihm an den Tisch.

Nun war die Situation irgendwie problematisch. Sollte er ein Gespräch beginnen um Peinlichkeiten vorzubeugen, wie auch immer sie aussehen mochten? Etwa: „Wie läuft das Geschäft?" oder: „Studierst du?" Eher: „Schönes Wetter heute."

Als sein Soda-Zitron kam, blickte die Frau stählern.

„Danke." sagte er.

Hoffentlich würde *er* keine der eben durchgegangenen Fragen stellen.

So sah er sein Gegenüber an. Er hatte hellbraunes kurzes Haar, rechts gescheitelt. Tiefliegende Augen mit dünnen Augenbrauen, vielleicht waren sie ausgezupft. Lange Koteletten, sonst offensichtlich frisch rasiert. Unter der breiten Nase ein voller Mund, ein vorspringendes Kinn und einen muskulösen Hals, an dem der Kehlkopf bei jedem Schluck rege auf und ab wanderte.

„Hast du Feuer?" fragte er.

Kramen in der Regenjacke.

„Möchtest du auch eine?"

„Danke, nein."

„Stört es dich, wenn ich rauche?"

„Nein. Wirklich nicht."

„Ich hoffe, es stört dich nicht, dass ich mich zu dir gesetzt habe. Ich wollte mich anlehnen, das geht an der Bar nicht. Mir tut ganz schön der Rücken weh."
Jetzt wäre es Zeit für eine der Fragen. „Nein, nein. Überhaupt nicht. Ich wollte ohnehin gerade gehen."
„Ich möchte dich aber nicht vertreiben."
„Zahlen, bitte!"

„Beide zusammen?"
„Nein, nur das Bier."
„Dreiachzig."
„Stimmt schon."
„Servus. Und viel Glück noch."
„Servus. Auf Wiedersehen."

Du meine Güte, hierher würde er nicht mehr gehen können.

Der Heimweg schien ihm plötzlich weit. Er sehnte sich danach, wieder in seinem Doppelzimmer zu sein. Er freute sich auf das Schnarchen.
Er kletterte über die Dachrinne ins Hochparterre und durch das Fenster in sein Zimmer.
Er warf die Kleider in einem Haufen zum Kopfende seines Bettes auf dem Boden, den Kompass obenauf.

Am nächsten Tag würde er ein gewöhnlicher Student sein.

An die tote Prinzessin

Bis gestern hast du mich geliebt.
      Mit jedem Wort.
      Jeder Bewegung.
      Mit jedem Atemzug.

Doch heute bist du ganz anders.
      Durch deinen Mund
      gelangt kein Atem,
      kein liebes Wort zu mir.

Du bist wie eine Prinzessin.
      So unnahbar.
      So ruhig.
      So keusch.

Sinnlos

Er betrat die Werkstatt.
Alles sah normal aus aber war es doch gar nicht.
Das Werkzeug hatte seine Funktion verloren.
Schraubenzieher liefen einfach spitz zu.
Sechskantschlüssel hatten sieben Kanten.
Zangen waren biegsam, weich und anschmiegsam.
Er packte alles in einen Sack und warf es in den Altmetallcontainer.
Er würde nie wieder Werkzeug benötigen.

Schlecht

Bei allen, was er sah, wurde ihm schlecht.
Ein Mädchen roch an einer roten Rose. Er musste sich übergeben.
Faschingskrapfen lagen in der Auslage der Bäckerei. Er erbrach von neuem.
Die Mutter brachte das Essen. Sein Magen war leer.
Das Erbrochene war grün und schmeckte bitter.
Sein Freund fiel in eine Betonmischmaschine.
Offensichtlich ging es ihm besser, er gab nichts mehr von sich.

Träume

Die Kathedrale war schwer getroffen. Mehrere Bomben hatten das Dach durchschlagen. Die Splitter hatten die Kunstwerke verheert; sie war bis auf die Grundmauern niedergebrannt, als ein wochenlanger Regen, der sich zum Schneesturm veränderte, das Werk vollendete.
Sieben gotische Säulen ragten aus einem Misthaufen. Der heilige Aegydius hatte als einziger seinen Kopf behalten und schaute von seiner in die Säule eingelassenen Empore zu Stein erstarrt in die Trümmer.
Das Bundesdenkmalamt ließ ihn entfernen, er thront in einer anderen Kirche, von den Schrecknissen der letzten wenigen Tage sichtlich unbeeindruckt.
Die sieben Säulen werden eine nach der anderen umgerissen, Fachleute mit Seilen machen die Sache professionell. Die Trümmer werden in Mulden fortgekarrt, mit dem Schutt füllt man Bombenkrater auf.

Der Spiegel

Wir haben Fenster.	Fenster haben wir.
Dadurch sieht man	Man sieht dadurch
Andere Welten.	Welten, andere
Dieselben Dinge	Dinge, dieselben
Halten Menschen	Menschen halten
Hoch. Oft	Oft hoch,
Hält man, was	Was man hält.
Sie halten.	Halten Sie!

(Zu Lewis Carol: *Through the Looking Glass*)

Sechs Stunden Sterben

Er begann einzusehen, dass er die Stadt nie würde verlassen können. Jede Nacht war er auf sein Rad gestiegen, um fortzufahren, aber es schien, dass die Natriumdampflampen immer voraus waren. Ständig überholte ihn sein Schatten, immer in vierfacher Ausführung vorhanden. Zunächst weit hinter ihm, rasch aufholend, gleichziehend und weit vor ihm, bis er im nichts verschwand.
Aber jeden Morgen erwachte er in seinem eigenen Bett, er war in der Nacht noch zurückgefahren, hatte aufgegeben.
Nun fragte er sich, wozu das Ganze, änderte es doch nichts, würde er die Stadt doch nie verlassen können.

Er ging zu Fuß, fragte sich, ob er weiter käme, wenn er sich für denselben Weg mehr Zeit zur Verfügung stellte.
Immer verlor er wieder den Boden unter den Füßen, also zog er die Schuhe aus, eine interessante Erfahrung, musste er sie doch mitnehmen, in der Hand tragen, sozusagen, wenn er nicht sein restliches Leben ohne Schuhe sein wollte.
Und das wollte er nicht.
Alle Leute starrten ihn an, Ihn, den Mann, der bloßfüßig durch den Regen stapfte, die Schuhe in der Hand tragend und es gab ihm Sicherheit, nicht, dass sie ihn anstarrten, sondern, dass er den Boden unter den Füßen spürte. Die Kieselsteine schmerzten ihn jedes Mal, wenn sie sich in seine Fußsohlen bohrten, aber der Schuh in der rechten und der Schuh in der linken Hand verliehen ihm Gleichgewicht, wenn er dahinstolperte.
Warum konnte er die Schuhe nicht zurücklassen, wer sagte denn, dass man Schuhe brauche, so hart sei die Welt doch nicht, man müsse sich nur abhärten.
Weil aber alle anderen Schuhe trugen, schaffte er es nicht, sie zurückzulassen.

Er hatte gewartet, aber der Anfang war nicht gekommen, nun hatte er vielleicht, ohne es zu merken, auch das Ende verpasst.
Außerhalb der Stadt würden die Menschen vielleicht keine Schuhe tragen. Es würde nicht schmerzen, wenn sie ihm auf die Füße traten. Woher wusste er aber, dass es außerhalb der Stadt noch Menschen gab?

Nicht einschlafen - würde er im selben Bett wieder erwachen, er würde sterben, es nicht mehr aushalten, eben sterben. Wenn er nicht einschliefe, könnte er nicht aufwachen, aber gab ihm das Sicherheit? Durfte er sich darauf verlassen, dass geschehen

würde, was er von sich verlangte? War er nicht schon einmal innerhalb von sechs Stunden gestorben? Das Ende war damals gekommen, ohne dass er den Anfang bemerkt hatte.
Er würde das Bett zertrümmern müssen, oder er würde wahnsinnig. Sein Verstand, was war davon geblieben?
Nicht mehr im Stande, die Dinge zu tun, die man von ihm erwartete.
Nicht mehr im Stande, die Dinge zu tun, die nötig waren.
Nicht einmal mehr im Stande, die Dinge zu tun, die er gerne tat.

Wenn das der Anfang war, dann käme in sechs Stunden der Tod.
Sollte er heimfahren, um ihn dort zu erleben? Konnten ihm die Schuhe Trost sein? Die Menschen, die sie trugen?
Sollte er fahren, soweit er in sechs Stunden konnte, um in seinem alten Leben noch Neues zu erfahren? Brächte der Tod nicht so vieles an Erfahrung, dass sein ganzes Leben relativ würde?
Könnte es ihm gelingen, in sechs Stunden die Stadt zu verlassen?
Würde er nach seinem Tode immer noch in der Stadt sein?

Sein Bett hatte er zertrümmert, als dringende Sicherheitsmaßnahme. Keiner könnte mehr sagen: „Nimm dein Bett und geh."

Unruhig lag der See vor ihm. Er hatte alles verschluckt, die Vergangenheit, die Zukunft, die Menschen. Im See blieben sie sicher verwahrt, alles, was jetzt noch kommen mochte, war unwirklich, Einbildung, Traum.

Deutlich erkannte er sie wieder: Es war die Frau aus der Straßenbahn. War sie dem See entstiegen?
Sie trug eine Natriumdampflampe und ging auf ihn zu. Er stieg auf sein Fahrrad und versuchte zu entkommen.
Alle liefen sie ihm nach, sie hatten alle Schuhe, der See hatte ihn getäuscht.
Er fuhr, so schnell er konnte, aber wenn er nicht fliegen könnte, würde er nicht entkommen.

Es blieben ihm nur mehr fünf Stunden, immer wusste er noch nicht, was er tun sollte. Hoffentlich käme der Tod nicht früher, von Vorbereitung war keine Spur. Sollte er beten? Wie sollte er das anstellen, zu wem sollte er beten?
Er könnte in den See gehen, zu all den anderen. Im See lag noch die Stadt, der er hatte entkommen wollen.
Warum war nur plötzlich der See da? Selbst, wenn er fliegen könnte, hätte ihm das jetzt nicht geholfen.

Er begann, um den See herumzugehen. Noch war nicht viel los, erst in ein paar Wochen kämen alle Leute aus der Stadt, um hier zu Grillen und sich in die Sonne zu legen. Die meisten würden bloßfüßig gehen, so wie er.
Jetzt aber war er Mutterseelen alleine. Die Getränkedosen, die noch herumlagen, waren verblasst und verrostet. Trostlos und verlassen wirkten die Bänke und Tische, verstaubt und fremd.
Sollte er seine letzten fünf Stunden wirklich am See verbringen?

Er hatte seinen schönsten Hut mitgenommen. Immer hatte er den Hut geliebt, und jetzt, wo ihm nur mehr vier Stunden blieben, wollte er ihn tragen. Die anderen hatten ihn immer ein wenig aufgezogen, wegen seines Ticks für Hüte. Sie wären unmodern und unpraktisch, so dachten zumindest die anderen. Aber die anderen waren schon im See, und er konnte noch nicht folgen, weil er keine Schuhe trug.

Er hatte sich mehr oder weniger damit abgefunden. Er würde in der Stadt bleiben. Das Wasser Stand schon bis zu den Gehsteigkanten, in drei Stunden hätte der See auch ihn erreicht. Barfuß konnte er durch das Wasser waten, er hatte sein Fahrrad gegen eine Wand gelehnt. Er brauchte es nicht abzusperren, keiner konnte es stehlen, es sei denn, er käme dazu aus dem See; er würde es auch nicht mehr brauchen, er würde in seinen letzten drei Stunden nicht mehr damit fahren.
Er war froh, den Boden unter den Füßen zu spüren, auch wenn er nass war. Die Schuhe hatte e irgendwo aufs Wasser gesetzt, sie schwammen ohne ihn jeder in seine Richtung, hatten sich verselbständigt, würden einander treffen, an einem fernen Ort.

Endlich konnte er beten:
Lieber Gott, bitte gib mir keine Flügel. Ich würde fliegen, bis ich vor Erschöpfung abstürzte, und doch in den See fiele. Lass es nur noch zwei Stunden dauern, bis ich bei den anderen bin. Wieder in der Stadt, bei den Natriumdampflampen, meinem Fahrrad, meinen Schuhen. Ich werde sie anziehen, um so zu sein, wie alle anderen.

Die letzte Stunde musste er schwimmen. Von oben war nur sein Hut zu sehen, aber es gab niemanden, der ihn sah.
Er war der letzte, den der See erreicht hatte und er sah ein, dass es unsinnig gewesen war, sich gegen den See zu wehren. Gott hatte ihm geholfen, indem er ihm keine Flügel geschenkt hatte, Nun schwamm er und schwamm. und der fragte sich, ob es möglich sei, am Ort zu bleiben und ob es möglich sei, ihn zu verlassen.

Die Frau aus der Straßenbahn schwamm ihm entgegen: „Sie haben aber einen schönen Hut."
Er wehrte sich noch gegen Sie. Seine Stunde war noch nicht um, er gab ihr den Hut, sie sollte auf ihn warten.
Er hatte nichts mehr auf dieser Welt, aber er genoss es, der letzte zu sein.

Wenn er schon den Anfang verpasst hatte, wollte er wenigstens das Ende erleben.

Suppe

Frau Schöberl rührte die Suppe um. Es war Karfiolcremesuppe, die ihr Mann immer so gerne gegessen hatte. Sie hatte einmal die Fertigsuppe aus dem Paket probiert, hatte ihre eigene aber als deutlich besser eingestuft und beschlossen, auf Suppe lieber ganz zu verzichten, als nichts Rechtes zu essen.
Nun kochte sie ganz für sich alleine. Ihr Mann war vor Jahren gestorben, und ihr Sohn war bei einem Autounfall ums Leben gekommen. Damals war seine Schuld festgestellt worden, er war mit überhöhter Geschwindigkeit gegen eine Kuh geprallt und in seinem Fahrzeug verbrannt. Die Kuh, in Frau Schöberls Augen der wirkliche Schuldige, war damals notgeschlachtet worden, Frau Schöberl aß seitdem kein Rindfleisch mehr.
Ihre Schwiegertochter hatte bald darauf neu geheiratet, so wurde Frau Schöberl zum zu Ostern und zu Weihnachten gerne gesehenen Gast. Zu Weihnachten nahm sie die Einladung an, zu Ostern fuhr sie lieber nach Abano auf Kur, die Familie war im Geheimen gewiss froh darüber.

Ihr Mann hatte sie eigentlich wohlhabend hinterlassen. Damals war er an einem Herzinfarkt gestorben. Obwohl sie mit der Witwenpension ausgekommen wäre, hatte sie beschlossen ihre Stelle nicht aufzugeben. So begutachtete sie jeden Morgen von sechs bis acht Uhr in einer Großbäckerei Gebäck, das aus dem Ofen kam. Semmeln, die die Form nicht hatten, die verkehrt gebacken oder zusammengeklebt waren, sortierte sie aus. Eigentlich durfte sie diese mit nach Hause nehmen, aber was hätte sie mit an die zwanzig Semmeln am Tag anfangen sollen? Sie legte sie in einen Korb neben dem Firmeneingang, sodass sich alle Mitarbeiter bedienen konnten. Gebäckstücke, bei denen irgendetwas mitgebacken war, wurden gesondert gesammelt und von einem weiteren Begutachter inspiziert. Einmal hatte sie eine Maus gefunden und vom Chef dafür eine Flasche französischen Rotwein erhalten. Sie lag immer noch im Barschrank, alleine konnte sie sie doch nicht leeren.

Nun also rührte sie die Suppe um. Sie betrachtete den Topf, der war aus weißem Emaille. Grüne Blumen zierten ihn, das war modern gewesen zu der Zeit, als er neu war. Einer der schwarzen Griffe war bereits abgebrochen. Es gab auch Stellen, an denen das Emaille abgeschlagen war und das schwarze Eisen zum Vorschein kam. Aber jetzt konnte man sie nicht sehen, die Suppe deckte sie zu.

Sie erinnerte sich, den Topf zur Hochzeit bekommen zu haben. Es war die Zeit, zu der es alles wieder im Überfluss zu kaufen gab.
Sie hing an dem Topf, irgendwie.
Seit dreißig Jahren benutzte sie ihn fast jeden Tag. Er hatte ihren Mann und ihren Sohn überlebt. Er würde sie überleben, und wenn sie gestorben wäre, würde man ihn wegwerfen, weil er alt und schäbig war.

Nach den beiden Stunden Aussortieren hatte sie sechs Stunden Kundendienst am Telephon zu verrichten. Bis 14 Uhr nahm sie Bestellungen entgegen, erteilte Auskünfte. Der Lohn dafür war nicht höher als die Witwenpension, aber er hätte allein schon zum Leben genügt. So gelang es ihr, eigentlich recht große Summen beiseite zu legen.
Wenn sie so dastand und ihre Suppe rührte, fragte sie sich, wer es nach ihrem Tode wohl bekommen sollte.

Es klingelte an der Tür.
Sie nahm die Suppe vom Herd und ging zur Wohnungstür.
"Sind sie interessiert an einem Telekabelanschluss?", der fremde Akzent war unüberhörbar.
"Nein, danke. Möchten Sie zum Essen bleiben, es gibt Karfiolcremesuppe?"
Der junge Mann hatte sie offensichtlich nicht verstanden. Vielleicht sprach er auch nur diesen einen deutschen Satz. Er zog aus seinem Rucksack einen Stapel Formbögen, die Frau Schöberl ohne Brille ohnehin nicht lesen konnte.
"Bleiben Sie doch zum Essen, Es reicht für uns beide."
Sie zog die Türe hinter ihm zu. Sie nahm ihm die Formbögen aus der Hand, legte sie auf die langbeinige Kommode, auf der das Telephon stand. Die Kommode war das erste Möbelstück, das sie und ihr Mann zu zweit ausgesucht hatten. Damals hatten sie noch gar kein Telephon gehabt, aber irgendetwas musste auf dem Gang stehen.
"Kommen sie nur zum Essen, ich habe auch Rotwein, möchten Sie Rotwein?"
Der junge Mann schaute immer befremdeter. Die Frau war sehr freundlich, aber offensichtlich verrückt. Außerdem verstand er kein Wort.
Er war mit kurzen Hosen und einer Art Unterleibchen bekleidet. Ihr Mann wäre nie so herumgelaufen. Auch ihren Sohn hätte sie so nicht aus dem Hause gehen lassen. Aber vielleicht war das ein Fehler gewesen.
Sie fuhr dem Fremden mit der Hand über die Brust, was diesen zusammenzucken ließ. Frau Schöberl musste schmunzeln. Sie

packte ihn an einem Träger seins Hemdchens und zog ihn in die
Küche. Seine Turnschuhe hinterließen Abdrücke auf dem weißen
Gangboden. Sie würde wieder aufwischen müssen. Sanft drückte
sie ihn auf einen Sessel und stellte einen Teller vor ihn hin.
Sie holte Gläser und die Flasche aus dem Barschrank. Die Gläser
hatte ihr Mann zu irgendeinem Jubiläum von den Arbeitskollegen
bekommen. Die Flasche stellte sie zusammen mit einem
Korkenzieher vor ihren Gast. Sie konnte die Flasche nicht selbst
entkorken. Dieser begann langsam zu verstehen und schenkte
beide Gläser voll. Er nahm das seine in die Hand, stand auf und
sagte: "Prost!" Dabei strahlte er über das ganze Gesicht.
Wie lange hatte sie schon keine Gäste mehr gehabt. Früher hatte
sie stets genossen, Leute zu bewirten. Aber die letzten Jahre hatte
ihr Leben nur aus Arbeit, dem weihnachtlichen Besuch und dem
österlichen Kuraufenthalt bestanden. Auf so viel hatte sie
verzichtet, soviel hatte sie gespart.
Sie goss ihrem Gast und sich selber Suppe ein, schnitt zwei
Scheiben Brot ab und setzte sich endlich zum Tisch.

Der Rotwein machte die beiden redselig. Sie verstanden zwar die
Worte nicht, immer aber den Sinn. Sie zeigte ihm ihre Wohnung,
Photos von ihrem Mann und ihrem Sohn. Sie erklärte ihm jeden
Gegenstand, warum er dort stehe und welche Bewandtnis es mit
ihm habe. Und immer wieder fuhr sie ihm mit der Hand über die
Brust. Sie zeigte ihm die Bibliothek mit den Büchern ihres
Mannes, mache Andeutungen, was sich hinter den Büchern
befinden mochte. Sie wies ihn ein in persische Teppichkunde, mit
anschaulichen Beispielen in ihrer Wohnung.

Als sie die letzten beiden Gläser leergetrunken hatten und sie ihm
wieder mit der Hand über die Brust fuhr, fasste er sie zärtlich an
den Hüften. Die Erinnerung stieg in ihr hoch, als ihr Mann sie so
umfasst hatte...

Sie wusste, dass es geschehen musste, also schrie sie nicht. Er riss
den Telephonhörer vom Apparat und fesselte sie mit dem Kabel.
Er steckte ihr das Deckchen, auf dem das Telephon geruht hatte,
in den Mund.
Zum Schluss wickelte er sie in den Gangläufer. Ihr wurde
schwindlig, und sie verlor das Bewusstsein.
Er nahm sich, was er brauchte und verschwand.

Er hatte sie nur leicht gefesselt, sodass sie sich selbst wieder
befreien konnte. Sie begutachtete das Ausmaß des Schadens, und
sie befand, das sei es wert gewesen.

Am nächsten Morgen erschien Frau Schöberl wieder bei der Arbeit.

Es gibt keine Tränen mehr

Es gibt keine Tränen mehr. Sie sind für immer versiegt. Nur wenn ich gähne, steigen sie mir in die Augen. Aber diese Tränen sind nicht echt. Echte Tränen kommen beim Lachen oder beim Weinen. Und sie sind eben versiegt.

Heute in der Früh ging der letzte Teil von ihm. Es war nur ein Stück der linken Hüfte; von der zwölften Rippe, den schrägen Bauchmuskeln abwärts über den Beckenknochen zum linken Oberschenkel; dreifingerbreit über dem großen Höcker, den man tasten kann, war sein Ende. Es war besser so für ihn, darum ließ ich ihn gehen. Ich konnte seinen Anblick nicht mehr ertragen, zusammengeschrumpft zu einem Gelenk, das für sich keinen Zweck erfüllt, für mich da ist, bis ich es zum Verschwinden bringe, und das habe ich heute Morgens getan.
Vielleicht war es allein meine Schuld gewesen, obwohl ich das nicht glaube, aber auch nicht die Schuld des Schicksals oder gar die seine. Es ist einfach so gekommen, und keiner könnte es mehr ändern. Der große Alexander nicht, nicht Amenophis IV, auch nicht Jesus Christus, der doch den Lazarus erweckt hat. Aber er hat seine halbverweste Leiche dazu gebraucht, und von ihm ist nichts mehr übrig. Ich habe ihn ausgelöscht, und meine Tränen sind mit ihm gegangen.

Wir hatten eine wunderschöne Zeit miteinander verbracht. Eine Ewigkeit, in der er seinen Arm um meine Schultern gelegt hatte, in der seine Wärme mich durchströmte und meine Finger an seiner Brust hinabglitten. Wohl war verboten, was wir taten, aber gerecht war es doch; wir taten keinem weh, nahmen niemandem etwas weg und keiner wusste etwas davon. Wer mochte uns anklagen!
Dann sagte er, ich solle ihn nicht mehr berühren, dass ich ihn nicht mehr berühren soll, hat er gesagt, ach, wie seltsam wird mir, für wie lange denn nicht. Für den Rest meines Lebens, so sagte er, für all diese lange Zeit.
Die Ewigkeit, die ich ihn nicht berührte, schien mir länger, als die er seinen Arm um mich gelegt hatte, zwei Ewigkeiten überdauert kein Mensch, auch Gott nicht, nur in Ewigkeit. Amen.

Meine Hände fassten nach seinem Kopf, er wich zurück, schrie, nein schrie er, ich hielt dennoch nicht ein. Seinen Kopf bekam ich nicht zu fassen, er war einfach nicht mehr da, die Atome hatten sich neu geordnet, oder waren ganz verschwunden, entgegen dem ersten Wärmehauptsatz. Ich sah in den Hals, die Axis, die

Carotiden, die Speise- und die Luftröhre; jetzt war er zehn Zentimeter kleiner als ich.
Ich war erschrocken, entsetzt, betroffen, den wichtigsten Teil hatte ich ihm genommen, mit dem er mir erklären hätte können, wieso; eben war mir seine Brust so wichtig erschienen, als Stütze, gegen die ich mich hätte lehnen können, in einer Not, wenn eine käme. Nun war die Not gekommen, und sein kopfloser Körper irrte sinnlos im Zimmer herum, er stieß sich an den Sesseln, den Möbeln, fiel hin, krümmte sich vor Schmerzen, stand auf, um wieder an der Welt zu branden.
Ich saß da mit offenem Mund, die Tränen liefen über mein Gesicht, liebte ich ihn, was mochte ich tun? Meine Tränen hätten einen See gebildet, eine Sintflut, die ganze Welt zu ertränken, hätten sie nur noch eine Ewigkeit gedauert.
Würden weitere Teile verschwinden, wenn ich ihn erneut berührte? Konnte ich den Arm heilen, der schlaff und verrenkt von seiner Schulter hing, der mir vorhin die Wärme gespendet hatte?
Die Armarterie mit den drei großen Nervenbündeln, der Knochen. Noch nie war das Anatomiestudium so leicht gewesen. Auch die Beine musste ich amputieren, dass er nicht weiterlief, sich nicht weiter verletzte.
Einarmig lag nun der Rumpf am Boden, von meiner Liebe verzehrt; verklärt; nur mehr für mich da. Liebe heißt Verzichten, verzichten, das musste ich nun. Aber ich hatte ihn bei mir, es war eine schöne Zeit. Er war mehr als eine Erinnerung, er war noch ein Leib, die Brust hob und senkte sich, und der Arm machte ungeschickte Bewegungen. Möge er mir vergeben, was ich ihm angetan habe, der letzte Rest, seines Körpers möge es mir nicht verübeln. Ich weine der Tränen genug um ihn, meinen Geliebten; niemals werde ich ihn loslassen, niemals werde ich ihn anfassen können. Ich greife doch nach ihm, will ihn in mein Bett heben, er soll nicht auf dem Teppich liegen müssen, er hat einen besseren Platz verdient. Ich bekomme ihn nicht zu fassen...

Nur die linke Hüfte war geblieben. Sie lag am Boden und bereitete mir eine schlaflose Nacht. Ich war verliebt in ihn, auch wenn er nur eine Hüfte war. Aber war es mein Recht? Litt er, der er so wenig war und mir so viel bedeutete? Ich heulte die ganze Nacht, aber meine vergebene Liebe heilte seine Wunden nicht.
Endlich ließ ich ihn gehen. Meine barmherzigen Hände berührten, was von ihm geblieben war.

Und meine Tränen nahm er mit.

Der Vogel

Niemand hatte es für möglich gehalten. Nicht mehr jetzt: Es war ihm lange Zeit besser gegangen.
Nun aber war er fortgelaufen.
Er war immer ein romantischer Typ gewesen.
„Zum Leben nur Essen und Trinken", hatte er immer gesagt. Schlafen könne man überall auf der Welt, arbeiten müsse man nicht. Nicht überall auf der Welt.
Seine Frau weinte natürlich, aber das Risiko hätte ihr bewusst sein müssen. Wer einen Vogel heiratet, muss ihn fliegen lassen, wenn der Winter kommt.
Aber niemand hatte die Anzeichen des Winters erkannt, keine Flocke trübte den Sommer seines Lebens. Er trank nicht mehr, war wieder erfolgreich. Den Tod seiner Tochter hatte er überwunden, gesagt, er wolle kein Kind mehr.

Nun wollt ihr ihn suchen, seine Frau gab nicht den Auftrag dazu. Sie liebte ihren Vogel, und sie kannte ihn. Er würde nicht zurückkehren, egal, ob man ihn fand oder nicht. Und er würde sterben, wenn man ihn zur Rückkehr zwang.
Für sie wäre das nicht so schlecht, sie könnte dann wieder heiraten, als Witwe. Oder wenn er doch weiterlebte, könnte sie sich scheiden lassen. Denn auch zur Scheidung braucht es zwei.

Aber wie gesagt, sie liebte ihn.

Die Wand

Sie konnte sich anlehnen.
Sie hätte sich anlehnen können, aber die Wand war aus Eis. Sie hatte nicht die Wärme, die Wand aufzuwärmen. Und wenn sie die Wärme gehabt hätte, so wäre die Wand geschmolzen. Sie hätte sich dann nicht anlehnen können.
Obwohl körperlich erschöpft, lehnte sie sich also nicht an.

Durch die Wand aus Eis sah sie ihre Kinder. Sie spielten in einer Sandkiste, bauten Burgen und gruben Tunnels.
„Legt euch nicht in den Sand", schrie sie, aber durch die Wand konnten ihre Kinder sie nicht hören. Sie würden sich schmutzig machen. Warum spielten sie in der Sonne, wo doch eine Wand aus Eis sie von ihr trennte?
Sie konnte winken, vielleicht würden sie sie bemerken. Aber sie waren so weit fort: Die Wand schien unüberwindlich hoch, hatte keine Tür und kein absehbares Ende auf irgendeiner Seite.
Sie war so erschöpft. Schon seit Jahren hatte sie versucht, sich bemerkbar zu machen; Es war sicher nur der Kälte zuzuschreiben, dass sie noch nicht verendet war.
„Gekühlt mindestens haltbar bis Ende... siehe Prägung."

Sie lehnte sich doch an, vielleicht könnte sie sich durchschmelzen.

Aber sie hätte früher beginnen sollen.
So blieb sie auf halbem Wege stecken.

Die Welt hängt an einer Kuh

Fünf Minuten, bevor der Wecker hätte klingeln sollen, war er hellwach.
Er drückte den roten Knopf hinein und fragte sich, ob der Wecker überhaupt klingeln würde, wenn seine Zeit kam.
Aber er fragte sich das jeden Morgen, und es war ohne Belang, da er ohnehin aufgewacht war.

Vielleicht wäre heute der Tag.
Heute würde der Sohn des Besitzers kommen. Er hatte ihn nie gesehen, aber er würde ihn sogleich erkennen. Einfach aus innerem Gefühl. Wäre er eine Frau, würde man es weibliche Intuition nennen.
Er zog die Kleider vom Vortage über und ging hinunter in den Stall.
„Guten Morgen, Elsa. Hast du gut geschlafen?"
Er klopfte der Kuh auf die Hinterbacken, versuchte, den eingetrockneten Kot herunterzukratzen. Er füllte den alten Blecheimer mit Wasser und reinigte ihren Schwanz.
Er war immer dagegen gewesen, Kühen den Schwanz hochzubinden. Er stellte sich das sehr unbequem vor.
Er ging erneut zum Brunnen und spülte das schmutzige Wasser hinunter.
Er reinigte den Kübel, nahm die alte Bürste zur Hilfe.
Dann holte er den einbeinigen Melkschemel, der an der Wand steckte und nahm Platz.
Als Kind hatte er sich immer gewundert, wie sein Vater auf dem Schemel sitzen konnte, ohne das Gleichgewicht zu verlieren und umzufallen.
Nun aber benutzte er denselben Schemel, wenn er auch das eine Bein schon mehrmals durch ein neues ersetzt hatte.
Elsa ließ die Prozedur geduldig über sich ergehen. Sie war schon eine alte Kuh, und der Eimer wurde kaum mehr als halbvoll. Eigentlich war er froh darüber, was hätte er mit der vielen Milch auch anfangen sollen.
Er band Elsa los und begleitete sie auf die Wiese.
Ihm fiel ein, dass er sich zuerst hätte um die Milch kümmern sollen; aber er hatte es wohl jeden Tag vergessen, und nie war etwas geschehen.

Der Stall, in dem Elsa übernachtete, war eigentlich der Pferdestall. Er hatte sie hier untergestellt, weil der Kuhstall nicht in Boxen unterteilt war. Als einzige Kuh konnte sie schließlich

nicht den ganzen Stall blockieren, er war nun als Abstellkammer missbraucht. In die übrigen Boxen hatte er Stroh geschichtet.
Er nahm mit der fünfzinkigen Futtergabel ein wenig davon und warf es auf den Boden.
Aus dem Haufen pfauchte es zornig, und eine rotgescheckte Katze verließ beleidigt den Stall.
„Tut mir leid." sagte er, obwohl die Katze längst fort war.
Er verwendete immer die Futtergabel, weil sich mit der dreizinkigen Heugabel keine so kleine Menge vom Haufen nehmen ließ. Mit einem alten Rechen, dem schon viele Zähne fehlten, reinigte er mit dem Stroh die Box und kehrte den ganzen Mist in die Rinne. Für ihn war das Routine, er hatte es schon gut zehntausend Mal gemacht.
Mit der vierzinkigen Gabel beförderte er alles auf den Misthaufen, der auf der linken Seite, von der Stalltüre aus gesehen, stand.
Obwohl klein war es ein schöner Misthaufen. Wenn der Sohn käme, würde er alles in Ordnung vorfinden.

Nach vollbrachter Arbeit konnte er endlich sich selbst waschen. Er stellte dazu kein Wasser auf, er war es gewohnt, sich den kalten Lappen über den Körper zu ziehen.
So warf er die alte Wäsche in den Korb und kleidete sich frisch.
Er stellte eine Riesenportion Milch auf den Herd, für den Fall, dass der Sohn zum Frühstück käme. Da der Sohn noch nie zum Frühstück gekommen war und er täglich eine so große Portion Milch auf dem Herde stehen hatte, aß er zum Frühstück nie etwas, trank nur Milch.
Er fragte sich, wie lange er das noch machen sollte.
War er verdammt, ein Leben auf etwas zu warten, das nie eintreten würde?
Sollte er das Haus einfach abschließen und sich auf den Weg machen?
Wohin?
Oder war es nicht bequemer, jeden Tag vertraute Dinge um sich zu haben?
Ein warmes Bett in der Nacht?
Nein.
An Tagen wie diesem schien ihm das alles sinnlos und wenig erstrebenswert.
Generationenlanges Warten war in seinen Augen zwecklos. Jeder sollte den Lohn für seine eigene Arbeit erhalten und nicht für andere vorbauen müssen.
Zumal er keine Kinder hatte.
Nein, wenn Elsa starb, würde er gehen.

So kam denn der Tag.
Er begann ganz anders als alle anderen: Der Wecker rief ihn jäh aus dem Schlaf.
Nachdem er die vortägigen Kleider übergestreift hatte und in den Stall gegangen war, sah er Elsa am Boden liegen. Sie wehrte sich nicht gegen die Fliegen, die auf ihr herumkrabbelten.
Er lief in den Kuhstall, holte eine Axt.
Er zerhieb ihren massigen Leib, den er nicht in einem Stück aus dem Stall ziehen konnte.
Er warf die einzelnen Teile auf den Misthaufen.
Als er nun zum letzten Male den Stall reinigte, begann er laut zu schluchzen.
Er ging sich nicht waschen, nicht frühstücken, nicht umziehen.
Nein, er lief geradewegs aus dem Stall.
Er rannte und rannte, weiter, als ihn seine Gedanken je hatten tragen können.
Dass er einen Schlaganfall erlitt und irgendwo im Walde starb, macht für die Welt keinen Unterschied.

Würmer

Leises Weinen unter der Bettdecke. Unterdrücktes Schreien in den Kopfpolster, den die zusammengekrampfte Hand in den Mund geschoben.
Ein einziges Bibbern, kein klarer Gedanke.
Die Hoffnung auf den Tod, aber die Angst, vorzeitig von Würmern zerfressen zu werden.

Keiner würde etwas merken, nach ein paar Viertelstunden wäre alles vorbei. Einschlafen vor Erschöpfung, der Tod sowohl, als auch die Würmer würden ausbleiben. Alles wieder wie bisher, in längst vergangner Zeit.

Nein, es war nicht dasselbe Bett, er hatte alles entfernt, selbst, in mühsamer Kleinarbeit. Sogar der Türstopper hatte eine andre Farbe. Nein, es war nicht dasselbe Zimmer.
Aber es waren dieselben Menschen.

Er war krank, schwer krank, und er wusste nicht, was ihn heilen konnte. Er schämte sich dafür, krank zu sein. Die Würmer hatten ihn zerfressen, obwohl er sie nie kommen gesehen; vielleicht waren sie schon immer da gewesen. Vielleicht hatte er sie schon bei der Geburt mitgebracht. Mit ihm gleichzeitig gezeugt, oder älter als er, sie kämpften mit beständigem Fressen, und es war ein grausamer Kampf, ein Kampf gegen ihn.
Würde er sterben, stürben sie mit ihm? Musste er sich vermehren, um sie weiterzugeben? Oder wollten sie seinen Tod und würden triumphieren, hätten sie ihn endlich erreicht?

Wie laut hätte er geschrien, wäre der Polster nicht gewesen. Nun hatte er Ziegelsteine im Hals, er könnte nicht mehr schreien, sein zitternder Körper glühte, der Polster war von Speichel und Tränen ganz nass.
Er fürchtete sich vor dem Schlaf, er könnte sich nicht mehr gegen die Würmer wehren.
Er fürchtete sich vor dem Wachbleiben, wie lange würde er den Kampf noch durchstehen?
Er fürchtete sich vor dem Entdecktwerden, was sollte er ihnen erklären?
Er fürchtete sich vor dem Sterben, aber er fürchtete sich nicht vor dem Tod.

Zuhause

Ein leerer Raum
Vier Wände, eine Tür, ein Lärmschutzfenster.
Wahrscheinlich zu wenige Steckdosen, wie meistens.
Die weiße Tünche bröckelt ab.
Eine nackte Glühbirne hängt von der Decke.
An der Wand sieht man deutlich, wo früher Möbel gestanden haben.
Wo Bilder gewesen sind.
Der Parkettboden ist nie versiegelt gewesen.
Heute ist alles wie immer.
Wie jeden Tag.

Ein kleines Mädchen und ein großer Teddybär sitzen im Zimmer.
Sie lacht. Er nicht.
Sie redet mit ihm. Er schweigt. Aber ihr macht das nichts aus.
Sie trinkt Himbeersaft. Wie sie ihm etwas davon geben will, sabbert er sich von oben bis unten voll.
Ein neuer Fleck auf dem Parkettboden.
Man wird sie deshalb nicht schelten.

Arbeiter kommen in das Zimmer.
Die Wände werden neu gestrichen.
Ein Teppichboden wird auf das Parkett geklebt.
Die Möbel werden hereingetragen.
Ein Bett und ein Gitterbett.
Ein Kleiderschrank.
Eine Kommode.
Ein kleiner Tisch und zwei Sesselchen.
Vorhänge werden aufgehängt. Grün mit gelben Flecken.
Die rote Lampe mit den blauen Schlümpfen, die das Mädchen selbst ausgesucht hat, passt überhaupt nicht dazu.

Der Teddybär hat seinen Platz auf der Kommode.
Tagsüber. In der Nacht kommt er zum Mädchen ins Gitterbett.

Das Gitterbett muss weichen.
Die Lampe wird durch eine gelbe mit grünen Dreiecken ausgewechselt.
Sie passt einigermaßen zu den Vorhängen.
Der Teddybär, der immer noch auf der Kommode sitzt, wird zweimal jährlich abgestaubt.

Das Mädchen wohnt bei seinem Freund.

In den Schränken befinden sich die Kleider, die zur Erinnerung aufgehoben werden:
Das Kommunionkleid, ein Faschingskostüm.
Ein selbstgenähter Rock aus dem Handarbeitsunterricht.

Die Mutter packt den Bären und schüttelt den Staub herunter.
Sie steckt ihn in eine Staubsaugerschachtel und stellt diese unter das Fensterbrett.

Das Mädchen und seine Tochter treten in das Zimmer.
Es holt den Bären aus der Schachtel und drückt ihn an sich.
Alle drei sitzen auf dem Boden.
Das Mädchen und seine Tochter weinen.
Er nicht.

Inhalt

Abgebrannt 7
Allein 9
Der Aufbruch 16
Der Besenstiel 18
Der Baum 20
Der Doppelbereich 21
Fliegen 23
Iglis 26
Irma 33
Kein einziger 35
Komisch 36
Das Konzert in St. Augustin 39
Die Kristallkugel 43
Der andere Mann 45
Mauern 48
Metamorphose 56
Michael 60
Nachts 64
An die tote Prinzessin 68
Sinnlos 69
Schlecht 70
Träume 71
Der Spiegel 72
Sechs Stunden Sterben 73
Suppe 77
Es gibt keine Tränen mehr 81
Der Vogel 83
Die Wand 84
Die Welt hängt an einer Kuh 85
Würmer 88
Zuhause 89